KB141654

가훈이

〈나답게 청소년 소설〉

가훈이

지은이 | 장성자

펴낸이 | 一庚 張少任

펴낸곳 | 답게

초판 인쇄 | 2021년 9월 05일

초판 발행 | 2021년 9월 10일

등 록 | 1990년 2월 28일, 제 21-140호

주 소 | 04975 서울특별시 광진구 천호대로 698 진달래빌딩 502호

전 화 | (편집) 02)469-0464, 02)462-0464

　　　　 (영업) 02)463-0464, 02)498-0464

팩 스 | 02) 498-0463

홈페이지 | www.dapgae.co.kr

e-mail | dapgae@gmail.com, dapgae@korea.com

ISBN 978-89-7574-324-5

나답게·우리답게·책답게

* 책값은 뒤표지에 있습니다.

* 잘못 만들어진 책은 구입하신 서점에서 교환해 드립니다.

장성자 청소년소설

나답게 청소년 소설

가 훈 이

도서
출판 답게

가훈과 해진이가 되어 이야기 속으로 들어온 두 아이를 생각합니다. 두 아이에 대해 듣는 것만으로도 마음이 오래 아팠습니다. 이후에도 어른보다 더한 삶의 무게를 지고 있는 청소년들을 생각했습니다.

이 소설은 아이들에게 가해지는 폭력에 대한 분노로 시작되었습니다. 웅크려 당하고만 있는 아이들에게 아무런 힘이 되어 주지 못한 나에 대한 분노도 있었습니다.

마음만 앞서서, 글을 쓰다가 자주 손이 멈췄습니다.

'그래서 뭐, 뭘 보여주고 싶은데?'

'무슨 의미가 있는데?'라고 스스로에게 물었습니다.

똑 부러진 해결책 하나 정도는 내포하고 있어야 세상에 내놓을 수 있는 책이 되는 거 아닌가, 고민했습니다.

그래도 다시, 멈췄던 이야기를 이어갔습니다.

세상의 눈이 닿지 않는 곳에서 몸부림치는 가훈과 해진이를 불러봅니다.

가훈과 해진이 나를, 우리를 바라봅니다.

눈 맞추며 서로를 바라보는 것만으로도, 가끔은 힘이 된다고 믿고 싶습니다.

2021년 초가을에

장 성 자

| 차례 |

01
이유

"요양병원?"

"네."

"왜?"

원장은 고개를 갸웃하며 눈을 조금 더 치켜떴다. 나는 입을 달싹이다 시선을 돌렸다. 칠판엔 앞서 원장이 강의했던 내용들이 어지럽게 적혀 있었고, 장기를 훤히 내놓은 인체 모형도가 칠판 옆에 서 있었다.

인체 모형도도 늙는 걸까. 구부정한 허리와 푹 꺾인 목뼈 때문에 금방이라도 쓰러질 것 같았다. 생을 힘겹게 이어가는 노인을 닮았다. 원장은 이 학원이 서울에서도 손꼽히는, 역사가 오랜 간호조무사 학원이라며 자랑하곤 했다. 머리에 캡을 쓰고 간호복을 입은 여자의 사진이 오래된 학원을 증명하듯 복도에 붙어 있다.

블루오션이라고 했다. 간호조무사는 남자의 직업으로 경쟁력이 있다며 나를 보며 엄지를 세웠었다. 그런데도 요양병원으로 실습을 간다는 건 의외였나 보다.

"근데 왜 그렇게 빨리 실습하려고 그래? 이제 겨우 2주 이론 수업 했는데, 다른 학생들은 이론 수업 다 하고 실습 가는 거 알지?"

"아, 네……."

2주도 너무 긴 시간이었다. 하지만 그 이유를 말할 수 없었다.

"집 가까이 요양병원이 있어서요."

겨우 둘러대고 가방을 챙겼다.

"알바 가야 해서요."

원장이 고개를 끄덕였다.

"그럼, 내일부턴 3시가 아닌 6시에 출근이라고?"

간호조무사 학원에 다니기 시작하면서부터 했던 얘기를 사장은 또 확인했다.

"남자가 조무사라니. 그럼 너도 다른 사람 엉덩이 주사 놓고 그러냐? 으이그."

남자인 사장은 자신이 다른 사람의 맨살이라도 본 듯, 어깨를 털었다.

"야, 그냥 배달이나……."

"잠시만요."

사장의 말을 끊고, 주머니 속에서 울리는 전화를 꺼냈다. 김 순경이었다. 설마, 김 순경이 꿈숲에 대해 뭘 알아낸 걸까. 통화 버튼을 누르는 손이 떨렸다. 김 순경의 첫마디는 '가영이'였다. 사장에게 다녀오겠단 말도 못 하고 뛰쳐나갔다.

지구대로 뛰어 들어가자마자 가영이가 내게 달려와 안겼다. 지구대장의 고함소리가 날아왔다.

"야, 장가훈! 아무리 그래도 밖에서 문을 잠그고 다니면 어떡해!"

나는 지구대장에게 고개를 숙여 인사하고, 가영이를 의자에 앉혔다.

"가영아, 오빠가…… 몇 시에 집에 온다고 했어?"

얼마나 놀라서 뛰어왔는지 숨이 턱턱 막혔다.

"열 시."

가영이가 손가락 열 개를 다 펴 보였다.

"잘 알면서."

"방에서 아빠가, 숨바꼭질하자고 또 부르는 것 같단 말이야."

가영이는 잔뜩 겁에 질린 눈동자로 내 팔을 흔들며 말했다. 나는 헉헉거리는 숨을 내뱉으며 가영이의 머리를 쓰다듬었다. 김 순경이 다가와 가영이 옆에 앉았다.

"가영아, 내가 누구지?"

"김 순경님."

"그래. 경찰이잖아. 나쁜 사람 잡아가는 경찰. 내가 아빠를 이 동네에 못 들어오게 했어. 그러니까 아빠는 집에 없고, 들어올 수도 없어."

가영이는 김 순경의 말에 대답도 않고 나만 바라보았다. 가영이를 데리고 지구대를 나섰다.

"아직 아버지 소식 없지?"

따라 나오던 김 순경이 물었다. 자꾸 꿈숲 쪽으로 돌아가는 고개를 붙잡고 끄덕였다.

집으로 올라가다 미니 슈퍼 앞에서 가영이가 내 팔을 잡아끌었다.

"네가 집에 가만히 있으면, 오빠가 알바하고 올 때 사 온다고 했지? 오늘처럼 문을 마구 두드려서, 옆집에서 신고하고 경찰까지 오게 하면 아이스크림은 못 사줘."

"힝, 아빠가……."

가영이가 티셔츠 밑에서 안으로 손을 집어넣어 자기 가슴을 잡았다.

"이렇게, 이렇게 했다구. 목욕시켜 주겠다고 바지 안에 손도……."

"그만!"

몸이 부들부들 떨렸다. 주먹으로 전봇대를 치며 주저앉았다.

그날도 장중진은 나를 때렸다. 이유는, 다른 아이들은 다 중학교에 가는데 왜 가영이만 못 가냐는 거였다. 가영이가 초등학교 졸업도 못 하고 왜 집에만 있냐는 거였다. 조금 힘들어한다고 학교에 보내지 않은 '너의 탓'이라고 했다. 가영이가 저렇게 어린애처럼 굴고, 멍청한 게 '다 너의 탓'이라고 했다.

"어때, 맞을 이유가 충분하지?"

이유가 필요했을까. 하지만 장중진은 항상 이유를 붙였다. 장중진이 자신의 딸이 중학교에 들어갈 나이가 되었다는 걸 아는 것만도 다행이라 여겨야 할까. 맞을 이유에 합당한 만큼 처벌을 행사한 후 장중진은 이불에 고꾸라져 코를 골았다. 가영이는 겁에 질려 울다 잠이 들었다. 온몸이 아프고 머리가 어지러웠다.

현관문을 열었다. 아직 컴컴한 새벽이었다. 비칠거리며 지구대로 들어갔다. 또 왔냐며, 김 순경이 아직 안 왔다고 잠깐 앉아서 기다리라고 했다. 김 순경이 마치 우리 집 담당이라도 되는 것처럼.

의자에 쓰러져 누웠는데 잠이 들었다. 문득 잠이 깼다. 김 순경은 없었고 아무도 나에게 신경 쓰지 않았다. 몇 시간을 잤던 걸까. 벌써 점심시간인지 짜장면 냄새가 났다.

"김 순경님은요?"

멍하니 바라보는 나에게 어느 순경이 말했다.

"김 순경님 오늘 휴가였네. 잠 좀 잤으니 이제 가 봐라."

순경 앞에 있는 짜장면 그릇을 패대기치고 나왔다. 집으로 달려갔다. 장중진이 밥도 못 차린다고 가영이를 또 때린 건 아닌지, 가슴이 달달 떨렸다. 현관문을 열어젖혔다.

"흐억!"

장중진이 놀라서 소리를 질렀다. 그러곤 엉거주춤 앉은 자세로 놀라 뒤돌아보다가, 가영이의 허리께에 있던 손을 급하게 털며 일어섰다. 가영이는 얼어붙은 채 서 있었다. 머리는 온통 엉클어져 있고, 초점 없는 눈에서 눈물이 흘러내렸다.

"오, 옷 좀 갈아 이, 입으라고……."

장중진이 일어나서 나를 비켜 밖으로 나가려 했다. 어디서 쳐놀다가 이제야 들어왔냐며 고함을 질러야 할 텐데, 이 상황을 피하려는 것 같았다.

가영이가 두 손으로 아랫도리를 잡았다.

"아파……. 아파. 하지 마. 아빠……."

"가영아, 왜 그래?"

나는 신발도 못 벗고 가영이 앞에 무릎을 굽힌 채, 가영이 얼굴을 두드렸다.

"아빠, 하지 마……. 안 된다고……."

"가영아!"

가영이 팔을 잡고 흔들다 휙 뒤돌아보았다. 어느새 장중진은 신발을 꿰차고 계단으로 뛰어 올라가고 있었다.

"죽여버릴 거야아악!"

온 동네를 뛰어다니며 장중진을 찾았다. 머리로 열이 뻗치고 토악질이 나올 것 같았다. 다리에 힘이 풀려 몇 번이나 넘어지고 계단에서 굴렀다. 장중진을 찾지 못하고 저녁이 되어 집으로 왔다.

집에 오니 가영이가 없었다. 아무도 없었다. 악을 쓰며 가영이를 찾아다녔다. 김 순경에게 전화했다. 한밤중이 돼서야 꿈숲, 사슴 우리 앞에서 가영이를 찾았다.

김 순경이 집까지 따라와서 가영이를 씻기고 재웠다.

새벽에 장중진이 돌아왔다. 집으로 간 줄 알았던 김 순경이 현관을 막고 지구대에 전화했다. 경찰차가 왔다. 장중진의 변명이 시작되었다.

"아시잖아요. 제가 요즘 일도 없고 몸도 예전 같지 않아서 술을 좀 마셨더니……. 그리고 그거 진짜 아니에요. 가영이 옷 좀 잘 입히려고 하다 보니 그리 된 거지. 쟤가 머리가 온전치 못하잖아요. 이 아빠가 잡혀가면 얘들은 어떡합니까. 우리 가훈이, 덩치만 컸지 아직 아이, 아이잖아요. 이제 방학 끝나면 고3이라 공부해야 하는데, 보호자는 나 하나뿐인데 내가 없으면 어찌 되겠습니까. 아, 알겠습니다. 나갈게요. 뭐 모르는 사이도 아니고 순순히 간다고요, 가."

횡설수설하면서도 장중진은 방에서 점퍼를 꺼내 입고, 양말을 신고, 현관에서 신발을 신었고, 계단을 올라가는 발걸음에 망설임이 없었다. 장중진의 다음 행동이 불 보듯 뻔해 실실 웃음이 나왔다.

장중진은 그대로 튀었다.

그날 밤, 전화가 왔다.

개쌍놈의 자식이라고. 낳아주고 키워준 아버지를 경찰에 신고하고, 잡아가는데 웃고 있다고. 돌아가면 가만두지 않겠다고. 숨바꼭질할 준비나 하라며 씩씩거렸다. 그 씩씩거리며 내뱉는 숨소리를 끊어버릴 듯 소리를 질렀다.

"내가 먼저 죽일 거야! 내가 당신을 보는 그날이 당신이 죽는 날이야. 못할 것 같아? 못할 것 같냐고!"

처음이었다. 아버지란 사람을 향해 소리를 지른 게. 폭력에 대해 분노하여 악을 쓴 게. 장중진이 숨소리만 내다가 전화를 끊었다. 가영이는 그 후에도 벌벌 떨다, 아프다며 울다가 화장실에서 몇 시간이고 나오지 않았다. 또 어떤 날은 집에 아빠가 있다며, 나가서 돌아다녔다. 할 수 없이 현관문 바깥에 자물쇠를 달았다.

그리고 두 달이란 시간이 흐르고 있었다.

숨을 몰아쉬는 나를 가영이가 일으켰다. 일어나 꿈숲을 보았다. 밤이어서 그런지 꿈숲 바로 앞 요양병원이 더 환했다.

"이제 아버지는 없어."

전봇대에 찍혀 피가 배어나는 손가락을 문지르며 말했다.

"죽었어? 엄마처럼? 사고 나서?"

가영이가 연이어 물으며 확인했다.

"내가 그렇게 만들 거야. 반드시."

가영이에게 답하며, 김 순경에게 전화를 걸었다.

"고소, 없었던 거로 해주세요."

➋
꿈숲 요양병원

　　도로 맞은편에서 요양병원을 바라보았다. 오래전부터 웨딩홀로 늘 그 자리에 있던 건물이었다. 학교가 늘 그 자리에 있는 것처럼, 버스를 타고 갈 때면 창문으로 언뜻 비쳐 어디쯤 왔는지 알려주는 그런 건물. 웨딩홀 뒤로 공원을 품은 넓은 숲이 있어, 그 이름을 딴 꿈숲 웨딩홀. 그날 전화를 받지 않았다면 여전히 웨딩홀로만 여겼을 것이다.

　　- 장중진 씨 보호자 되시죠?
　　- 네?
학교 가는 길에 전화를 받았었다.

　　고등학교 3학년이 되고, 4월 첫 주에 하는 진로 상담이 있는 날이라서 머리가 복잡했다. 진로를 결정해야 3학년 내내 실습하든, 학원에 다니며 자격증을 따든, 인턴으로 회사에 들어가든 할 수 있었다. 앞으로 무슨 일을 하며 살아야 할지 생각이 잡히지 않아 담임과의 상담 시간이 두렵기까지 했다. 그래서 모르는 번호인데도 무심코 전화를 받았나 보다.

- 장중진 씨 보호자 아니신가요?

다시 한번 장중진이란 말이 들렸다. 그 이름과 함께 가영이의 울음소리가 떠오르며 열이 확 올랐다.

- 누구세요?

그렇게 도망간 사람이, 직접 전화하지 않고 보호자를 찾는 전화가 온 것이다. 내가 언제부터 그 사람 보호자였나, 피식 웃음도 났다.

- 여기 꿈숲인데요.

나도 모르게 꿈숲 쪽을 돌아보았다. 꿈숲은 그 사람이 있을 장소가 아니었다.

- 아, 꿈숲 요양병원인데요. 장중진 씨 보호자 맞으시죠? 장중진 씨가 수술 후 우리 병원으로……

- 모르는 사람인데요.

전화를 끊었다.

'찾았다.'

그는 너무 가까이 있었다. 당장 요양병원으로 뛰어 들어가 장중진을 잡아 끌어내고 싶었다. 순간, 웨딩홀이었던 그 문 앞에서 서성거렸던 생각이 났다. 나와 가영이를 막아서던 그 문.

진로 상담을 하러 가서도 어떡하면 그 문 안으로 들어갈 수 있을까, 그 생각뿐이었다.

7층 건물에 외벽이 아치형 유리문과 직사각형 유리문으로 층층이 되어 있었다. 정면뿐 아니라 옆면도 그랬다. 호텔 같기도 하고, 유럽식 건축 같기도 했다. 오랫동안 그 자리에 있었지만, 자세히 본 적이 없어서 새삼스러웠다.

꿈숲 요양병원

입원 상담

투석, 재활, 요양

2층 외벽에 붙은 작은 간판 여러 개가 화려한 옷에 어울리지 않게 달린 단추 같았다. 1층 출입구 앞은 크고 육중한 여덟 개의 대리석 기둥이 떠받치고 있어서 마치 그리스 신전의 회랑 같다. 건물 안으로 들어가 본 적은 없지만, 저 앞은 익숙했다.

초등학교 때, 가영이와 가끔 들어섰던 곳이다. 밖이지만 밖이 아닌 곳, 저곳에서 한참이나 도로를 보고 서 있었다. 정말 도로만 보았을까. 하하 호호 웃으며 예쁜 옷을 차려입은 사람들이 들어가던 웨딩홀. 그 안에는 맛있는 음식이 잔뜩 진열된 커다란 뷔페가 있다는 말을 들었었다. 당장 가영이 손을 잡고 그곳으로 들어가고 싶었다. 배고프다고 칭얼대는 가영이에게 맛있는 음식을 실컷 먹게 하고 싶었다. 하지만 문 양쪽에 서 있는 양복 입은 아저씨는 저리 꺼지라는 눈빛을 계속 보내고 있었다. 그랬던 곳이 언제부터 요양병원이 되었을까.

도로를 건너 요양병원으로 갔다. 자동문이 스르르 열렸다. 열린 문 앞에서 발이 멈칫했다. 이렇게 쉽게 열리는 곳이었나. 한 발을 들여놓으며 순간 어리둥절했다. 화려한 꽃으로 장식되어 있고 맛있는 음식 냄새가 풍기는 웨딩홀과 뷔페는 없었다.

다른 병원에서 보았던 것처럼 원무과라는 이름표가 붙은 조그만 창구와 그 앞에 의자 몇 개가 있을 뿐이다.

9시가 다 되어 가지만 기다리는 환자는 없었다. 요양병원은 외래 환자는 진료하지 않는다고 배웠다.

"어떻게 왔어?"

두 개의 엘리베이터 앞 작은 책상에 앉은 남자가 물었다. 대뜸 반말이다.

〈독감 유행으로 당분간 면회 금지〉

커다랗게 글자가 적힌 종이가 책상 앞에 붙어 있었다.

"간호조무사 실습하러 왔습니다."

남자가 나를 위아래로 훑어보다가 고개를 옆으로 까딱했다. 엘리베이터 문을 통과할 자격이라도 주는 양 목이 뻣뻣하다. 남자의 이름표엔 서규식 주임이라고 적혀 있었다. 통통한 얼굴의 반은 거뭇한 수염이 가리고 있었다. 밤 근무를 하고 아직 교대를 안 한 모양이다.

엘리베이터를 타고 7층을 눌렀다.

2층 입원실과 신장투석실, 3층 입원실과 재활치료실, 5층 입원실, 6층 입원실, 7층 입원실, 8층 옥상정원.

층별 안내문을 순서대로 읽으며 올라갔다. 전 층이 입원실이면 입원 환자는 도대체 몇 명일까. 그중에 한 명이 떠오르자 가슴이 방망이질 치기 시작했다.

'그 인간은 아버지가 아니야.'

'장중진은 아버지가 아니야.'

새벽부터 심장을 차갑게 만들기 위해 외웠던 주문이 말을 듣지 않았다.

'띵!'

엘리베이터에서 내렸다. 엘리베이터 앞에 병동 안으로 들어가는 자동문이 닫혀 있었다. 비밀번호를 눌러야만 들어갈 수 있었다. 어떻게 해야 할지 몰라 문 안을 들여다보았다. 앞쪽 가운데에 간호사실이 있고, 양옆에서 뒤로 복도가 보였다.

"저기요, 실습하러 왔습니다."

문을 두드리며 목소리를 조금 높였다. 컴퓨터 모니터를 보던 간호사가 고개를 들었다. 자동문이 열렸다. 들어서며 꾸벅 인사했다.

"실습생? 진짜 남학생이 왔네. 여기 앉아서 잠깐 기다려요. 한 명 더 오기로 했으니까."

"네."

인사하며 이름표를 보았다. 책임 간호사였다. 간호사실 가운데에 있는 탁자에 앉아 주위를 둘러보았다.

1호와 12호가 간호사실 바로 양옆 병실이다. 간호사는 모니터를 보며 무언가를 했고, 아무도 다니지 않았고 조용했다. 간호사가 작업하고 있는 모니터를 슬쩍 보았다. 모니터 가득 두세 개의 표를 띄워놓고 뭔가를 적거나 보고 있었다.

"저기요?"

자동문 바깥에서 누군가 문을 두드렸다. 간호사가 컴퓨터 옆에 있는 벨을 눌렀다.

"당분간 면회 안 되는데 어떻게 오셨어요?"

간호사가 더 이상 들어오지 말라는 듯 손으로 막는 시늉을 했다. 그런데도 까만 옷을 입은 여자가 스테이션(station) 가까이 다가왔다. 안경도 까맸는데, 테가 너무 크고 굵어서 얼굴의 반을 가렸다. 안경 때문인지 나이를 가늠하긴 힘들지만, 오십은 넘어 보였다. 여자는 입술을 쭉 내밀고, 호기심 어린 눈빛으로 간호사실과 병실 복도를 훑어보았다.

"으응, 면회 온 거 아닌데에?"

아이 같은 말투에 간호사가 엉거주춤 일어섰다.

"설마, 실습하러 오셨어요?"

"네, 학원 원장님이 7층으로 가라더라고요. 여기 맞죠?"

아주 말 잘 듣는 아이같이 생긋 웃기까지 했다.

"하……."

간호사가 머리를 쓸어 넘기며 짧은 탄식을 내뱉고는 안으로 들어오라고 손짓했다. 한 명 더 있다는 그 실습생이었다. 안으로 들어온 여자는 얼굴 빼곤 온통 까만색에 휘감겨 있었다.

발목까지 오는 까만 가죽 코트를 입었는데, 코트 사이로 까만 원피스 자락이 보였다. 손가방까지 까맸다. 가끔 찬바람이 부는 사월이지만, 까만 가죽으로 된 코트와 올림머리는 무슨 영화에서나 본 듯한 캐릭터 같았다.

잠시 후에 카트를 밀며 간호복을 입은 두 사람이 들어왔다. 똑같은 옷을 입고 이름표도 없어서 누가 간호사이고, 누가 조무사인지 알 수 없었다. 카트엔 피와 소독약이 묻은 거즈와 주사기, 링거 팩이 수북했다. 두 사람은 실습생들을 힐끔 보더니 각자 할 일을 했다.

"실습복으로 갈아입고 오세요. 참, 남자 탈의실은 없으니까 저기서 갈아입고, 옷을 따로 담아서 이 안쪽에 두도록 해요."

"나는 옷 갈아입는 데 한참 걸리는데……."

까만 옷 여자가 탈의실로 들어가며 중얼거렸다.

"무슨 오드리 햅번도 아니고……."

아! 어느 간호사의 말에 영화 캐릭터가 생각났다. 뒤돌아보니, 정말 저 복장에 기다란 담뱃대 하나만 있으면 딱 오드리 햅번 같았다.

나는 간호사실에서 오른쪽 앞에 보이는 샤워실로 들어갔다. 샤워실은 넓고 깨끗했다. 간병인들이 사용하는 곳 같았다. 화장실 변기와 세면기와 샤워기가 양 끝에 있었고 가운데를 비워 놓아, 집보다 더 넓고 환하게 느껴졌다. 실습복은 연한 파란색의 조금 두꺼운 반팔 티셔츠와 통 넓은 바지였다. 얼른 옷을 갈아입고 가방에 교복을 담아 들고 나왔다. 오드리 햅번에게 실습복을 입힌 것처럼 어울리지 않는 아줌마도 나와 있었다.

'이민숙.'

햅번 아줌마의 이름이었다. 햅번 아줌마도 까만 테 안경 안, 기다란 속눈썹을 천천히 움직이며 내 이름표를 보았다.

"나는 7병동 책임 간호사예요. 두 학생이 할 일은 하루에 두 번 바이털과 당뇨 환자의 혈당을 재는 거예요. 아침 9시와 오후 2시, 환자 바이털을 재서 여기에 기록하고, 당뇨 환자는 시간 표시를 잘 보고 하고요, 다른 건 김 샘이 시키는 거 하면 돼요."

소개하거나 인사하라고 하지도 않았다. 이름도 묻지 않았다. 병원 직원들에게 실습생은 잠깐 머물다 가는 학생일 뿐이라고 했던 원장 말이 생각났다.

김 샘이 누구일까? 네 명이 일하고 있는데, 모두 자기 할 일을 하느라 바빴다. 잡담도 없었다. 누구는 약 봉투를 정리하고 누구는 수액 세트를 준비하고 누구는 설거지를 하듯 도구를 씻었다. 또 누구는 컴퓨터 작업만 했다. 간호사도 있고 조무사도 있을 텐데 구분이 가지 않았다.

책임 간호사가 차트판을 나에게 건네며 말했다.

"병원 내에선 간호사건 조무사건 서로 선생님이라고 불러요. 바쁘니까 뭐 샘, 이라고 다 부르지만."

차트판에 꼽힌 종이에는 병실과 환자의 이름이 쭉 프린트되어 있었다. 환자들 이름을 읽어 내려갔다. 701호부터 이름을 읽으며 몇 번 눈을 감았다. 반도 읽지 못했는데, 그 이름이 나올까 봐 심장이 마구 뛰고 숨소리가 커졌다.

"얘."

햅번 아줌마가 내 팔을 흔들었다. 책임 간호사, 정 샘이 팔짱을 끼고 눈을 치켜뜨고 있었다.

"왜 그러고 종이만 보고 있어요? 환자 이름 외우게?"

아직도 자리에 서 있는 내가 답답했는지, 정 샘의 목소리에 짜증이 묻어났다.

"아, 아닙니다."

내가 허둥거리자, 햅번 아줌마가 의료용 카트와 내 팔을 끌었다.

"혈압, 체온, 호흡수, 산소 포화도. 이게 바이털 체크하는 거 맞지? 환자들 상태 알아보는 기본 체크 그거……."

"그런 것 같아요."

"우리, 701호부터 하자."

햅번 아줌마는 마치 오래전부터 나를 알아온 것처럼 스스럼

없이 대했다. 701호 환자 한 명에게 햅번 아줌마가 혈압계를 감고 재는 동안, 나는 종이에 적힌 환자들의 이름을 끝까지 다 보았다. 혹시나 싶어 또다시 보았다. 내가 찾는, 찾아야 하는 그 이름은 없었다. 두근대던 가슴을 진정시키려 크게 숨을 내쉬고 들이마셨다.

'왜, 마주하기 두려워? 이제 시작인데?'

나를 비웃는 듯한 나의 목소리에 고개를 저었다.

"읍!"

갑자기 햅번 아줌마가 두 손으로 입과 코를 막았다. 나도 숨을 참았다. 간병인이 커튼을 치며 침대 하나를 가렸다.

"할매, 아침 일찍 일 봤구먼."

간병인의 목소리와 변 냄새가 커튼 밖으로 흘러나왔다. 아직 바이털을 재야 할 환자가 세 명 남았고, 지금 변을 본 환자의 바이털도 재야 했다. 잠시 후에 간병인이 커튼을 걷었다. 커튼에 막혀 있던 냄새가 온 병실에 퍼졌다. 참다못한 햅번 아줌마가 튀어나갔다. 그러건 말건 다른 환자들은 아무 표정이 없었다. 모두 할머니들이었고 누워서 링거를 맞고 있었다.

"이런 거 못 견디면 병원에서 일 못 하지. 점점 익숙해질 거구먼."

병실로 다시 들어온 햅번 아줌마에게 간병인이 웃으며 말했다. 1호실 체크를 마치고 나오자 햅번 아줌마가 벽에 쓰러지듯 몸을 기댔다.

"휴, 이 복도가 신랑 신부가 걸어가던 길이었겠지? 저 앞에 주례사가 서 있고 말야."

웨딩홀이었을 때를 말하는 것 같았다.

"나도 여기 축하하러 왔었거든. 이젠 꽃길이 똥길이 돼 버렸네."

점점 결혼하지 않고, 결혼하더라도 아이를 낳지 않는 젊은 세대에 대한 뉴스를 본 적이 있었다. 웨딩홀이 요양병원으로 바뀔 수밖에 없는 현실적 이유였다. 나는 그런 뉴스를 볼 때마다 왜 그런 생각이 내 부모에겐 없었는지, 화가 났다. 내 부모와 다른 참신한 신혼부부 사이의, 처음부터 있지도 않은 아이를 부러워하곤 했었다.

5호실까진 할머니 환자들이었다. 누워서 움직이기 힘든 환자들이라 팔에 혈압계를 감는 것도 쉽지 않았다. 혈압이 제대로 측정되지 않으면 다시 재야 했다. 할아버지 환자들의 병실과 증상이 심하지 않은 오륙십 대의 남자 환자들의 병실, 여자 환자들의 병실이 있었다. 1인실도 3개 있었다. 17호까지 바이털을 다 재고 나니, 열두 시가 다 돼 갔다.

정 샘에게 바이털을 기록한 차트판을 내밀었다. 정 샘이 기록을 보면서 형광펜으로 쓱쓱 그어 나갔다.

"혈압이 높은 사람은 다시 재세요. 체온 높은 사람도 다시 재고요. 아침 6시에 체크한 기록이 있는데, 너무 차이 난다면 이상하지 않아? 그럴 땐 간호사에게 알려야 해요. 적는 걸로 끝내지 말고."

정 샘은 존댓말과 반말을 섞어가며 말했다. 보통의 어른들은 그랬다. 사회인으로서의 존중과 아직 어린 학생이니까, 하는 말투.

"네."

두 손을 모으고 답했다. 햅번 아줌마는 체크하기 힘든 환자들과 씨름이라도 한 듯 머리카락이 흩어져 있었다. 머리를 쓸어 올리는 햅번 아줌마를 보며 정 샘이 미간을 찌푸렸다.

"이민숙 학생."

"네?"

"그 머리, 좀. 병원에서 올림머리는 안 됩니다. 내일부턴 머리를 내려서 단정하게 묶으세요."

정 샘이 머리를 쓸어 묶는 손짓을 했다.

"그리고 눈 정말 나쁘세요?"

"네?"

까만 테 사이로 보이는 햅번 아줌마의 눈동자가 빠르게 움직였다.

"액세서리로 끼는 안경이면 병원에 있을 동안은 안 꼈으면 좋겠어요. 커다란 까만 테 때문에 답답하네요."

"뭐, 눈이 나쁜 건 아니지만……."

햅번 아줌마는 입을 비죽이며 코를 찡끗했다.

바이털 체크를 하고 난 이후엔 샘들의 심부름이나, 이불과 환자복 정리를 하고, 창고에서 의료 물품들을 가져와 정리했다. 육체적으로 힘든 일은 아니지만 계속 긴장했다. 학교에서 선생님들 앞에서 조심하는 것과는 달랐다. 아르바이트를 하며 사장과 직원들에게서 느끼는 감정과도 달랐다. 하루가 어떻게 흘러갔는지 모르겠다.

4시에 퇴근하려고 옷을 갈아입고 나왔다. 햅번 아줌마가 놀라서 쳐다보았다.

"저는 네 시까지 실습하기로 학원에서 연락해 줬어요. 일이 좀 있어서요."

"아, 그래. 나는 여섯 시까신데……. 잘 가, 내일 봐."

오래된 친구와 헤어지는 것처럼 햅번 아줌마는 아쉬움을 가득 담고 말했다. 어색했다. 이렇게 살갑게 표현하는 사람은 처음 보았다.

병원을 나서며 꿈숲 입구에서라도 잠깐 앉아서 숨을 고르고 싶었다. 하지만 시간이 없다. 집으로 뛰어갔다.

"안녕하세요. 계란 하나 가져갈게요."

헉헉거리며 미니 슈퍼에 들러 음료수 냉장고를 열었다. 주인 아줌마가 시계를 보았다.

"왜 이 시간에?"

"아, 오늘부터 병원에서 실습해요. 가영이 저녁 해주고 알바 가려고요."

"벌써 실습해? 참, 이제 계란 보관 못 하겠다. 여기 편의점 들어올 거야."

"네?"

다음 할 말이 생각나지 않았다.

"장사 안 돼도 소일거리로 하고 있는데, 세호가 뭐 좀 한다고 가게 넘겼어. 뒤에 집도 같이. 그래서 뭐……."

주인아줌마가 넋두리를 하듯 중얼거렸다. 아줌마의 얼굴이 더 푸석하고 부어 보였다. 말없이 고개를 숙여 인사하고 미니 슈퍼를 나왔다.

가영이가 냉장고를 다 뒤지고 요리한다고 난장판을 만든 이후로, 냉장고엔 물과 조그만 김치통만 넣어뒀다. 그래서 학교를 마치고 집으로 갈 때면 미니 슈퍼에서 우유와 라면 하나를 샀다. 계란은 열 개짜리 한 팩을 사서 냉장고에 두고 매일 하나씩 가져 갔다. 미니 슈퍼 아줌마와 서로 잘 알기에 가능한 일이었다.

세호 형은 미니 슈퍼 외아들이다. 어렸을 땐 슈퍼에서 가져온 과자며 천 원짜리 장난감으로 아이들을 불러 모아 편을 가르고, 자기를 쫓아다니게 했었다. 싸우기도 많이 싸웠다. 그런데 형은 중학생이 되면서 동네에서 잘 보이지 않았다. 어쩌다 우연히 볼 때가 있었는데 동네 아이들을 알은 척도 안 했다. 학원비 감당하기 힘들다며 다른 아줌마와 미니 슈퍼 아줌마가 얘기하는 걸 들은 적도 있다. 새벽에 밥도 안 먹고 나가서 열두 시가 넘어서야 들어온다고.

세호 형이 그렇게 공부를 잘했었나? 좋아했었나? 동네 아이들이 수군거렸다.

"다 뻥이래. 우리 누나가 그러는데, 학원비 두 배로 받아서 딴 동네 친구들이랑 놀러 다닌대."

"딴 동네?"

"어. 이 동네에서 미니 슈퍼 하는 거 창피해서 늦게 오는 거래."

슈퍼 아줌마의 얼굴은 점점 어두워지고, 의자에서 일어날 때마다 끙끙 소리를 냈다. 몇 년 새 할머니가 된 것 같았다. 대학 입학을 위해 삼수를 한다고 들었는데, 왜 갑자기 가게를 넘기는 걸까. 슈퍼 아줌마는 어디에서 사는 걸까. 집 앞까지 따라온 생각에 고개를 흔들었다. 누가 누굴 걱정하냐.

큰 도로에서 계단을 올라 미니 슈퍼까지 오고, 미니 슈퍼에서 옆 골목으로 들어와 다시 몇 개의 계단을 내려가면 집이 있다. 늘 계단 위에서 발이 멈춘다. 대여섯 개의 계단 아래, 햇빛을 밀어내며 오르락내리락 거리는 어둠 속으로 발을 내디뎠다. 가영이가 웬일로 조용하다. 발소리만 듣고도 오빠! 하고 부르며 문을 두드렸는데. 바지 주머니에서 열쇠를 꺼내 자물쇠를 열었다.

"가영아."

가영이가 방문을 빼꼼 열었다가 닫았다. 뭘 감추는 것 같다.

"계란 프라이 해줄게."

손을 씻고 밥통을 열었다. 밥이 없다.

"가영아, 밥 먹었어?"

대답이 없다. 가영이 방의 손잡이를 돌렸다. 잠겨 있다. 무슨 소리가 들린다.

야오옹 야오옹

"다 들려. 빨리 문 열어. 오빠, 화낼 거야."

가영이가 문을 열었다.

"방충문을 열어뒀거든. 좀 답답해서. 그런데 쟤가 툭 뛰어 들어왔어. 너무 귀엽지?"

까만 고양이가 방문과 벽 사이에 웅크리고 있고, 앞에는 밥알이 흩어져 있었다. 예전에도 고양이가 들어온 적이 있었다. 귀뚜라미가 들어온 적도 있었다. 방충문을 절대 열지 말라고 했었는데…….

"고양이 키우려면 돈 많이 들어. 밥도 사서 먹여야 하고, 길고양이는 무슨 병 걸렸는지 몰라서 병원도 가야 해."

말이 끝나기도 전에 가영이가 나를 밀어내고 문을 쾅 닫아버렸다.

밥과 계란 프라이를 해놓고 배달 아르바이트를 하러 갔다.

03
12호실 서진 환자

간호조무사 자격증 시험을 보려면 740시간의 이론 수업을 받아야 하고, 780시간의 실습이 있어야 한다. 실습 시간 중 400시간 이상은 반드시 병원급에서 실습을 해야 한다. 보통 고3 학생들이나 젊은 사람들은 일반 병원을 선호했다. 내가 대뜸 요양병원으로 실습을 가겠다고 했을 때 원장이 놀라며 '왜?'라고 물었던 이유였다.

7층의 입원 환자는 모두 68명이었다. 그렇다면 5개 층의 입원 환자는 적어도 300명이 넘을 것이다. 그 300명이 넘는 환자 중 내가 찾는 한 명은 몇 층 몇 호에 입원하고 있을까.

보호자를 찾는 전화가 왔을 때 나는 병원으로 달려가지 않았다. 거짓말 같았다. 요양병원은 노인들만 입원하는 곳인 줄 알았다. 그 사람은 노인이 아니었다. 아직도 울퉁불퉁한 핏줄이 쇠사슬을 감은 것처럼 온 팔뚝에 이어져 있어 보는 것만으로도 공포감을 주었다. 그런 사람이 요양병원에 누워 있다니. 당황해서 장중진을 모른다고 하고 끊었지만, 수술하고……. 라는 말을 들은 것 같다. 어떤 수술을 한 것일까. 술을 자주 먹었지만, 속이 아프단 소리는 들어보지 못했다. 사고가 난 걸까? 정말 엄마처럼?

"그 앞에 왜 그렇게 오래 서 있어요?"

김 샘의 날카로운 목소리에 정신이 퍼뜩 들었다.

"아, 환자분 호흡수를 재느라고……."

"호흡수를 십 분, 이십 분 재요? 호흡수 어떻게 재라고 배웠어요?"

"환자분 가슴에 손을 얹거나 숨 쉬는 걸 보면서……."

당황하여 중얼거리는 동안 병실에 있는 환자들과 간병인들이 나를 보고 있었다. 나는 얼굴이 벌게져서 더 이상 말을 못 했다.

"호흡수가 뭐예요?"

나는 또 말하지 못했다. 호흡수라는 말 자체로는 숨 쉬는 것을 말하는 것 같은데, 그걸 어떻게 의학적으로 말해야 할지 생각이 나지 않았다. 이론 공부를 다 하지 않고 실습을 먼저 나가겠다고 했을 때, 실습생이 꼭 알아야 할 것들만 속성으로 배웠었다. 그게 바로 바이털을 체크하는 방법이었다. 그런데도 평소에 들어보지 못했던 말들이라 쉽게 머리에 입력되지 않았다. 햅번 아줌마는 자기에게 불똥이 튈까 봐 이쪽을 보지도 않았다.

까만 안경 없는, 올림머리 없는, 파란 실습복을 입은 햅번 아줌마를 보며 다들 입술을 깨물었다. 오드리 햅번이 아니라, 작은 얼굴의 보통 아줌마였다. 햅번 아줌마는 하나는 포기하지 않았는데, 이마를 반 가리고 눈썹 위까지 내려오는 깻잎 모양의 머리카락이었다. 까맣고 긴 눈썹도 뗄 수 없어 그대로였다.

"이민숙 학생?"

샘들은 보통 실습생들에게 학생이라고만 불렀는데, 김 샘은 햅번 아줌마에겐 꼭 이름을 불렀다. 햅번 아줌마가 천천히 김 샘에게로 몸을 돌렸다.

"산소포화도가 뭐예요?"

"네? 어머, 호흡수 물을 줄 알았는데? 그거 생각하고 있었는데? 그러니까, 산소포화도는……."

햅번 아줌마가 눈동자를 굴리며 답하려 애쓰자, 병실에 있던 환자와 간병인들이 키득거리며 웃었다. 다른 병실과 달리 706호는 당뇨와 후유증이 덜 한 교통사고 환자들이 입원해 있었다.

"아이고, 실습 온 지 며칠 됐다고 잡도리여? 숨 좀 쉬게 해줘. 우리보다 실습생들이 더 호흡도 없고 산소도 없겠네."

오래 입원한 환자들이라 바이털 체크에 대해서 실습생들보다 더 잘 알고 있는 것 같았다.

"어머, 환자분 말씀도 잘하신다. 저 여기 실습 와서 숨도 제대로 못 쉬고 있다니까요."

엄마한테 이르는 아이처럼 햅번 아줌마가 쫑알거렸다.

"도대체 학원에서 뭘 배우고 오는지, 내일 다시 물어볼 거예요. 참, 학생은 개인 사정으로 시간이며 날짜 편의를 많이 봐주는 거 알고 있지? 실습 평가서가 매주 학교로 가는 것도."

김 샘이 나를 보며 말했다.

"네."

김 샘이 한심하다는 듯 나와 햅번 아줌마를 흘겨보고 병실을 나갔다. 나는 다시 바이털을 재기 시작했다. 계속 정신을 빼놓고 있을 수 없었다. 이러다 나쁜 평가서가 학교로 간다면 이곳에서 실습을 못 할 수도 있었다.

"나이도 많은 것 같은데, 고생이구먼……."

환자 한 사람이 햅번 아줌마를 보며 말했다.

"그러게요. 집에서 노는 게 지겨워 나왔는데. 그래도 저 김 샘은 나은 편이에요. 다른 샘들은 우리를 투명인간 취급한다니까요. 심부름 시킬 때만 학생! 불러서 심부름 시키고. 그치 가훈아."

김 샘은 7병동에서 가장 오래된 간호조무사였다. 일손은 빠르지만 얼굴 표정은 늘 굳어 있었다. 병실에서 학생들이 하는 걸 지켜보다가 기습적으로 질문하곤 했다.

바이털 체크를 끝내고 간호사실에 서서 대기했다. 이제 겨우 3일째인데 종일 긴장하고 서 있느라 온몸이 뻣뻣했다. 햅번 아줌마는 무릎을 굽혔다 펴며 발을 흔들기도 하고 주먹으로 허리와 허벅지를 때리기도 했다. 바이털 체크 외에 무슨 일을 해야 할지 몰라 눈치를 보며 멍하니 서 있다가, 갑자기 일을 시키면 멍했던 정신을 빨리 수습하기가 힘들었다.

"진짜 숨 막혀 죽을 것 같아, 그지?"

햅번 아줌마가 내 팔을 끌며 간호사실을 나와, 오른쪽 제일 먼 7호실 쪽으로 걸어갔다. 병실에 뭔가 필요한 게 있나 찾는 척하는 거였다. 17호까지 있는 병실에, 중간중간 세탁실이며, 화장실, 샤워실, 비품실, 탕비실 등이 있었다. 열린 병실을 보며 7호실에서 돌아 6호실에서 다시 1호실 쪽으로 걸어갔다.

"학새엥!"

정 샘이 불렀다. 놀라서 달려갔다.

"이 서류 1층 원무과에 갖다주고, 거기서 주는 거 받아 와요."

"네."

내가 서류를 받아 들었고, 햅번 아줌마도 같이 병동 문을 열고 나가려 했다.

"학생은 왜 가요? 원무과 가는 게 둘이 가야 할 만큼 힘든 일인가?"

샘들은 학생 앞에 이름을 부르지 않았다. 잠깐 있다 가는 학생들을 개인적으로 알기도 싫고, 신경 쓰지 않는다는 뜻이다. 정 샘이 부른 학생이 때에 따라 누구를 가리키는 것인지 눈치껏 알아야 한다.

햅번 아줌마가 우물쭈물하며 간호사실로 돌아갔다. 엘리베이터를 기다리며 계단을 보았다. 웨딩홀이었던 건물이어서 그런지, 계단 폭이 넓었다. 엘리베이터 옆 벽에는 큰 거울도 붙어 있었다. 거울에 온몸을 비춰 보았다. 교복이 아닌 남자 간호복을 입은 모습이 내가 아닌 딴사람 같았다. 햅번 아줌마는 간호사실에서 눈치 보며 서 있는 것보다 다른 곳으로 심부름 가는 게 훨씬 좋다고 했다. 나는 그렇지 않았다. 아래층에서 누가 계단으로 올라왔다. 누구인지도 모르면서 계단에 등을 보이고 서서 엘리베이터를 기다렸다. 엘리베이터에 타서도, 내려서 어딘가로 갈 때도 긴장이 되었다. 재활치료실에서 치료를 받거나, 복도나 옥상 정원에서 잠깐 쉬는 환자들도 있었다. 장중진의 상태가 어떤지 모르니 7병동 밖으로 나갈 때는 마주칠까 봐 신경이 쓰였다. 완전하게 내가 술래가 되기 위해선, 어느 병실에 입원해 있는지 빨리 알아내야 했다. 병원으로 전화해서 보호자라며, 물어볼까 생각했지만 그러기 싫었다. 나는 장중진의 보호자가 아니니까.

"어떻게 오셨죠? 당분간 면회 금지입니다."

"이젠 얼굴 알 때도 됐지 않나요? 간호사 연락받고 온 거예요. 환자 상태가 안 좋다고 해서요."

원무과에서 서류를 받아서 엘리베이터를 기다리는데, 뒤에서 실랑이 소리가 들렸다. 서 주임을 보며 한 여자가 힘없이 대꾸하고 있었다. 푸석한 파마머리가 귀 옆에서 뻗쳐 있고, 서 주임과 눈도 마주치지 않고 중얼거렸다.

"잠시만 기다리세요. 전화 좀 해볼게요. 몇 층이죠?"

"7층이에요."

여자가 엘리베이터 층수가 표시되는 곳을 올려다보았다. 7층이란 말에 여자의 얼굴을 더 자세히 보았다. 순간, 먼 기억 속에서 화살 하나가 날아와 눈에 박히는 것 같았다.

"올라가 보세요."

서 주임은 이 문을 지키는 사람으로 할 일을 한다는 생각밖엔 없는 사람 같았다. 보호자나 환자에 대한 안타까움 같은 건 없는 얼굴이었다. 여자가 7층을 누르고 손을 툭 떨어뜨렸다. 내가 닫힘 버튼을 눌렀다. 짧게 묶인 머리가 조금 굽은 뒷목 위에 얹혀 있고, 축 늘어진 카디건을 따라 어깨도 팔도 늘어져 있었다. 가방도 없이 휴대폰과 자동차 열쇠를 든 손엔 두세 개씩 끼워져 있던 반지도 보이지 않았다.

누가 입원해 있을까. 입원한 환자들을 떠올려 보았지만, 여자와 연결된 얼굴은 떠오르지 않았다. 여자가 간호사실 스테이션 너머로 정 샘과 몇 가지 이야기를 나누었다. 그러곤 간호사실을 돌아 12호실 문을 열었다. 나는 서류를 간호사에게 줄 생각도 잊은 채 12호실 앞에 붙은 이름을 보았다. 바이털 체크를 할 때마다 꼭 환자의 이름을 확인했지만 특별히 기억에 남는 이름은 없었다.

"서진?"

고개를 갸웃했다. 친척인가? 사실 병실로 들어간 여자를 잘 아는 것도 아니다. 여자와 함께 잠시 떠오르는 얼굴이 있었지만, 몇 년 전 기억을 떠올릴 만큼 여유롭지 않았다. 간호사실로 들어가, 서류를 정 샘에게 주었다.

"아티반(신경안정제) 투여했고요, 지금까지 별다른 증상 없었습니다. 보호자에게 연락해서 오전에 다녀가셨고요."

오후 바이털 체크를 하러 12호실에 갔더니, 정 샘이 의사에게 환자에 대해 얘기를 하고 있었다.

"진아, 잘 지내다가 왜 그랬어? 깜짝 놀랐잖아."

단발머리의 앳되어 보이는 의사가 환자에게 물었다. 대답을 기대하지 않았는지 이내 간병인에게 또 말했다.

"손 여사님, 식사는 저녁부터 20mg 줄여서 주시고요, 오늘 밤 지내보고 내일 다시 말씀드릴게요."

"아이구, 갑자기 꿀럭꿀럭하며 토를 해대는데……."

간병인이 하소연을 하는데 의사와 간호사는 고개만 까딱하고 나가버렸다.

"간병인 말에 귀를 기울이야지. 쯧쯧."

간병인이 투덜거리며 휴대폰을 들고 단축번호를 눌렀다. 통화

하는 사이, 환자의 바이틀을 체크했다. 햅번 아줌마는 간병인의
통화가 끝나자 속삭였다.

"어젯밤에 토하고 그랬다면서요?"

"뭐에 기분이 상했는지, 아이고 힘들어……."

간병인이 이마를 짚으며 소파에 털썩 앉았다.

"어머, 기분 나쁜 표시도 해요? 식물인간이라면서요."

"뭔가 불편하면 뻗대기도 하고, 얼굴도 좀 실룩이고, 눈빛도
좀 달라진다니까요. 다른 사람들은 몰라도 내는 다 알지. 평생 이
일을 했는데……."

"아, 그렇구나. 얼마나 답답할까."

실습을 시작한 첫날, 햅번 아줌마는 모든 환자의 나이를 보고,
간병인이 하는 이야기를 들으며 안타까워했다. 특히 12호실 환
자를 더 안쓰러워했다.

"에구, 열아홉 살. 가훈아, 너랑 동갑이야."

동갑이란 말에 눈길이 갔지만, 환자 얼굴을 제대로 보지 않았
었다. 이상했다. 요양병원에서 동갑인 환자의 바이틀을 재고 있
는 게.

며칠 사이 12호실, 나와 동갑인 환자의 상태는 점점 나빠지고
있었나 보다.

밥

"학생, 2호실 이연심 할머니 점심 식사 계속 도와주고 있죠?"

"네."

병실엔 간병인이 있다. 개인 간병인을 둔 환자들도 있지만, 대부분 병실 하나에 공동 간병인 한 사람을 두고 있었다. 가족 중한 사람이 간병하기도 했다. 다섯이나 여섯의 환자를 돌보는 공동 간병인은 혼자 점심 식사를 도와주기 힘들다고 했다.

간병인들은 대부분 중국에서 온 교포들이었다. 병실 한편에침대를 두고 병실에서 환자들과 같이 생활했다. 그러다 계약 기간이 끝나면 중국으로 갔다가 다시 온다고 했다. 간병인들끼리는 중국말을 하며 서로 친하게 지냈다. 부부도 있고 친구도 있었다.

"그 할마이가 요새 밥을 잘 못 드시네."

식사는 환자에 따라 다르게 나오는데, 노인 환자들의 반찬은대부분 잘게 다져서 나왔다. 고춧가루가 연하게 발린 잘게 다진 김치도 있고, 많이 다져서 무슨 반찬인지 가늠하기 어려운 것도 있었다. 침대 발치에 앉아, 국물에 적신 밥을 떠서 할머니 입으로 가져갔다. 반찬도 숟가락에 담아 할머니 입으로 가져갔다. 흘리지 않으려 입을 다물고 오물오물 씹는 할머니가 꼭 어린아이 같았다.

"맛있으세요?"

환자들하고 거의 말을 하지 않는데, 어린아이한테 말 걸듯 하고 말았다. 할머니가 고개를 끄덕였다. 한쪽 눈은 붙어서 뜨지 못하고 한쪽 눈으로 나를 지그시 보았다.

"메, 몇 살?"

목소리가 작고 갈라졌다.

"할마이가 학생 나이 알아가 뭐 할라고?"

할머니 물음에 다른 환사 식사를 도와주던 간병인이 먼저 대꾸를 했다.

"열아홉 살이요."

"우, 우리 손지……."

아마, 나와 또래인 손자가 있나 보다. 밥을 또 떠서 입 앞에 가져가니 손을 저었다.

"소화 안 되세요?"

연심 할머니가 힘없이 고개를 숙였다.

"그럼 치울게요."

환자 식사를 도와준 후에야 햅번 아줌마와 내가 점심을 먹으러 갈 수 있었다.

할머니가 천천히 팔을 들었다. 무슨 뜻인지 몰라 간병인을 보았다.

"그 옆에 장 좀 열어 달란 말이라."

침대 옆 기다란 장을 열어보니, 조그만 액자와 두툼한 종이봉투가 있었다. 뭐를 꺼내야 할지 몰라 두 개 다 꺼내서 침대 탁자에 놓았다. 액자는 초등학생쯤 되어 보이는 아이들 셋이 나란히 앉아 찍은 사진이었다. 할머니가 달달 떨리는 손으로 액자를 잡아서 입으로 가져갔다. 아이들 얼굴 부분에 할머니의 입이 닿았다.

"그 손주들을 다 키웠다는데, 한 번 연락도 없고."

간병인이 아는 척하자, 할머니가 탁자를 탁탁 쳤다.

"아, 알았어요. 흉볼까 봐 저런다이. 여기 할마이들 자식 손주들 어찌나 생각하는지."

7병동에 며칠 있는 동안 보호자를 찾는 환자는 보지 못했다. 지금은 당분간 면회 금지가 되었지만, 원래도 가족이 없는 환자들 같았다. 원래 할머니, 할아버지였고 원래 아픈 사람들이 요양병원 한 침대에 붙박여 있는 것만 같았다. 가족사진을 꺼내놓은 사람도 없고, 어떤 사진 한 장 붙어 있지 않았다. 가족들은 본토에 있고 이들은 외딴섬에 있는 것 같았다. 이 자리에서 사라진다 해도 아무도 눈치채지 못하는 존재들이 있는 곳, 외딴섬.

환자의 가족은 간호사가 찾았다. 보호자의 허락이 있어야 하는 처방이 있을 때나, 의료보험이 안 되거나, 필요한 생활용품이 있을 때마다 전화했다. 환자의 가족에게 연락하는 건 간호사의 일 중 가장 중요한 일이기도 했다. 서로를 점점 잊어가는 사이, 간호사의 전화 한 통을 받는 순간 가족만이 갖는 오만 감정이 휘몰아치게 되겠지. 나도 그 전화를 받았었다. 가족이라고. 보호자라고. 그 후에도 몇 번 꿈숲 요양병원이 찍힌 전화가 울렸지만 받지 않았다.

"가훈아, 밥 먹으러 가자."

3호실에서 식사를 도와주던 햅번 아줌마가 왔다.

"어머, 이게 뭐예요?"

식판 수거 카트에 식판을 놓고 돌아오니, 햅번 아줌마가 연심 할머니 옆에서 뭔가를 보면서 웃고 있었다.

"할머니 거예요?"

햅번 아줌마는 손에 든 걸 살살 털어 자기 가슴 쪽에다 대었다. 비키니 수영복이었다. 할머니의 입꼬리가 조금 올라갔다.

"멋지시다, 할머니이."

햅번 아줌마가 호들갑을 떨며 비키니를 다시 봉투에 넣었다.

"할머니, 나중에 비키니 얘기해 줘요. 우리 밥 먹고 올게요오."

할머니의 표정이 점점 어두워졌다. 간병인이 얼른 밥 먹으러 가라며 손을 휙휙 저었다.

"아유, 정말. 반찬이 이게 뭐야? 그나마 남은 것도 별로 없네."

햅번 아줌마가 뒤에 있는 내 식판에 김치며 나물을 올려주며 구시렁거렸다. 한차례 직원들의 식사가 끝난 식당은 어수선하고 반찬은 빈약했다. 환자에게 밥을 먹여줄 때 보았던 형체를 알 수 없는 반찬들이 온전한 형태로 있었다. 갈색으로 잘게 다져졌던 반찬은 돈가스였고, 초록으로 다져진 건 시금치 비슷한 나물이었다. 아기 손만 한 돈가스가 바싹 튀겨져 있는데 하나밖에 없었다. 햅번 아줌마가 돈가스를 내 식판에 담아주었다.

"아줌마 먼저 드세요."

"반찬 더 오길 언제 기다리니? 너부터 먹어. 난 고기 별로 안 좋아해."

팽이버섯 몇 개가 둥둥 떠 있는 묽은 된장국에 밥을 말았다. 햅번 아줌마는 반찬이 이게 뭐냐고 했지만, 나는 국에 만 밥을 푹푹 떠먹었다. 김치를 먹고, 돈가스를 한입에 먹어버렸다.

초등학교 때부터 아침을 먹지 못했다. 깨워주는 사람이 없으니, 일어나면 씻고 학교에 가기 바빴다. 가영이에게 점심시간에 많이 먹자, 라고 했지만, 점심시간에도 그렇게 배가 고프지 않았다. 밥 먹는 게 즐겁지 않았다. 기초생활 보장 수급자로 급식비를 내지 않고도 밥을 많이 먹는다는 소리가 듣기 싫었다. 직접 말하는 선생님이나 아이들은 없었는데 늘 그 소리가 들리는 것 같았다. 정말 배가 고파 미칠 것 같은 날에도 밥과 반찬을 담아주는 아이에게 조금만 줘, 라고 말했었다.

언젠가부터 가영이는 며칠씩 학교에 가지 않았다. 아침에 세수를 시키고 머리도 빗겨서 보냈는데, 돌아올 때 가영이 얼굴은 눈물, 콧물, 땟자국에 온통 머리가 헝클어져 있곤 했다. 내가 중학교에 가면서부터 가영이는 아예 학교에 가지 않겠다고 악을 쓰고 울었다. 나는 중학교 1학년 때부터 아르바이트를 했다. 아르바이트가 끝나면 시급으로 매일 돈을 받았다. 그 돈으로 집에 갈 때면 라면과 우유를 샀다. 아침에 라면을 끓여 밥을 말아 먹고, 가영이가 낮에 먹을 밥과 우유를 남겨놓고 나왔다. 우유는 엄마 사랑을 못 받은 가영이에게 주는 내 방식의 '엄마 대신'이었다.

실습을 시작하고부터 점심시간이 점점 기다려졌다. 잠시나마 간호사들의 눈치에서 해방되는 시간이기도 했고, 아침부터 일해서 그런지 배에서 꼬르륵 소리가 났다. 실습생에겐 따로 돈이 지급되지 않았다. 점심 한 끼를 주는 게 다였다. 배우는 시간이기도 하지만, 이런 저런 심부름도 많이 하니 일한 값이라 생각하고 점심시간에 부담 없이 밥을 먹었다.

"휴, 살기 위해서 먹는 건지 먹기 위해 사는 건지 모르겠다."

햅번 아줌마가 반찬을 뒤적거렸다.

무얼 위해 먹지 않았고, 무얼 위해 살지 않았기에 나는 햅번 아줌마의 말이 푸념으로만 들렸다. 배가 고파서 먹었다. 먹는다는 게 살기 위해서라면, 먹지 않으면 삶이 끊어지는 거였나? 삶이니 뭐니, 그런 걸 생각할 만큼 머리가 맑지도 못했다.

갑자기 엄마가 떠나던 날들 중 하루가 떠올랐다. 엄마가 밟고 건넜던 돌로 장중진이 내 머리를 찍었다.

"돌담을 타고 놀다 담이 무너졌고, 그 돌에 머리가 깨졌단 말이지요? 음, 다행히 생활엔 지장이 없겠으나 큰 트라우마가 될 겁니다."

내가 제정신이 돌아왔을 때 의사가 한 말이었다.

"제가 더 조심시키겠습니다."

장중진이 굽실거렸다. 의사가 내 얼굴을 유심히 보았다. 나와 눈을 마주치려 하는 것 같았지만 나는 의사를 보지 않았다. 손목에 찬 빨간 묵주만 돌렸다.

그 생각을 하자니, 머리가 지끈 아팠다. 꾸역꾸역 밀어 넣은 밥이 목구멍 가운데서 내려가지 못하고 올라오려고 했다. 잠시 눈을 감았다.

장중진도 어느 병실에서 밥을 먹고 있겠지. 그 사람의 밥은 어떤 밥일까. 살기 위해서 밥을 먹고 있을까?

'살고 싶어서?'

식판을 들고 일어섰다. 햅번 아줌마가 놀라 쳐다보았다. 묵례하고 자리에서 나왔다.

"먹을 게 없으니 금방 다 먹었네. 삐쩍 말라 갖고. 아유……."

밥을 먹는 15분이 점심시간의 전부다. 평일 오전 9시부터 오후 5시 15분까지 하루 여덟 시간 실습해서 780시간을 채워야 한다. 그런데 나는 4시까지 실습을 하기로 했다. 모자란 시간만큼 날짜는 늘어간다. 어차피 나에게 780시간은 의미 없었다.

오후엔 오전에 바이털을 체크한 환자들 중, 정상 범위를 벗어난 환자들을 다시 체크한다. 얼른 이를 닦고 병실로 갔다.

"잠시만."

바이털 체크를 하고 커튼을 다시 치려는데, 환자가 손짓하며 조용히 불렀다. 교통사고 환자였다. 대학 병원에서 수술하고, 입원 기간이 지나 며칠 전에 이곳으로 왔다고 했다.

가까이 가니 무언가를 내 주머니에 쑤셔 넣었다. 어리둥절한 나에게 환자는 검지로 입을 막는 시늉을 했다. 아내는 점심을 먹으러 갔는지 없었다.

12호엔 햅번 아줌마가 들어가고, 13호실 문을 조금 열어 안을 들여다보았다.

"왜 문을 열다 말고 서 있는 거야?"

13호실 까칠 회장님이 침대에 앉아 노려보며 말했다.

"들어오지 마. 나 좀 전에 스트레칭해서 혈압 올라갈 거야. 오려면 빨리 오든가, 아니면 좀 늦게 오든가. 쯧쯧. 뭐 하나 딱딱 맞는 게 없네."

짧게 묵례하고 문을 닫았다. 하루 두 번 재는 바이털을 제때에 잰 적이 없는 환자다. 재활치료실에 가거나, 병실에서 스트레칭을 하거나 화장실에 가 있었다. 조금만 움직임이 있어도 바이털을 나중에 재겠다고 했다. 늘 단정한 환자였다. 다림질을 한 것처럼 환자복 소매를 접어 올려서 침대에 앉아 부하 직원들을 기다리는 것 같았다. 의사의 회진 때는 별말 없이 듣기만 했지만, 학생이 들어가면 꼭 한마디씩 했다. 말하는 폼이 늘 무엇을 가르치려 들어서 헙번 아줌마가 학교 교장이거나, 어느 회사의 까칠한 회장님 같다고 했었다. 12호 체크를 하고 나온 헙번 아줌마가 왜? 하며 입말로 물었다.

"운동했다고요."

"칫, 만날 운동할 거면 뭐 하러 입원했대?"

17호까지 바이털 체크를 마치고 화장실로 가 손을 씻었다. 주머니에 든 게 신경 쓰였다. 조심스레 꺼내 보니 메모지를 두세 번 접은 거였다. 만 원짜리 한 장도 같이 접혀 있었다.

학생, 미안한데 담배 디스 한 갑만 사다 줘. 디스 알지? 한 갑만 사고 나머지는 심부름 값이야. 학생 가져.

한숨이 나왔다. 그 환자는 이 병원에 입원한 후, 입맛이 없다며 병원에서 나오는 밥은 먹지 않았다. 보호자가 햄버거나 치킨을 사다 나르고 있었다. 돈과 종이를 손으로 꾸겨서 그 환자에게 갔다. 커튼이 열려 있었고 환자의 아내가 휴대폰을 보다가 얼굴을 들었다. 환자도 침대 탁자에 팔을 걸치고 휴대폰을 보고 있었다. 결혼하고 아이까지 있지만 둘 다 20대라 형이나 누나 같은 앳된 얼굴이었다.

"아, 아직 바이털 체크 안 했어요?"

환자의 아내가 일어서며 물었다. 환자가 당황하며 눈짓했다.

"아닙니다."

쪽지를 구겨 잡은 손을 주머니에 넣으며 병실을 나왔다.

잠시 후에 아내가 바깥으로 나간 후 병실로 갔다. 여전히 앉아서 휴대폰으로 게임을 하고 있었다. 환자의 눈이 반짝 빛났다.

"벌써 사 왔어?"

탁자 위에 구겨진 쪽지와 돈을 탁 놓았다.

"담배를 피우면 안 되잖아요."

"아이, 야! 참, 남자끼리 왜 이래. 너도 알잖아. 한 번 맛 들이면 죽어도 못 끊는 거. 지금 죽을 것 같단 말이야."

"그럼 죽으시든가요."

"뭐!"

환자의 인상이 험악해졌다.

"야, 너 아무리 학생이지만, 어, 조무사 될 사람이 환자한테 죽으라고! 말이야 뭐야? 너 내가 죽으면 우리 식구들 책임질 거야!"

내가 동네북인가. 환자는 그동안 쌓였던 답답함을 나에게 퍼붓고 있었다. 고함소리에 김 샘과 햅번 아줌마가 달려왔다. 환자를 똑바로 보며 조용히 말했다.

"그럼, 내가 담배 사다 걸리면 내 동생 책임질 거예요?"

조용히 말했는데, 병실 안에 내 목소리만이 울렸다.

⑮
불편한 상황

다음 날, 연심 할머니의 점심 식사를 도와주고 나왔는데 햅번 아줌마가 팔을 끌었다. 간호사실엔 정 샘이 모니터를 보고 있었다. 다른 샘들은 점심 식사를 하러 갔다. 햅번 아줌마가 나를 끌고 간 곳은 간병인들의 샤워실이었다. 내가 실습복을 갈아입는 곳이기도 했다.

"오늘 여기서 점심 먹자."

"여기서요?"

내가 놀라는 사이, 햅번 아줌마는 종이 가방에서 도시락통을 꺼냈다. 그러곤 도시락통 하나를 내 가슴 높이의 창틀에 올렸다. 병원 바로 뒤가 꿈숲이다. 꿈숲을 향해 커다란 창이 있어 마치 꿈숲 앞에 서 있는 것 같았다. 전망만 따지면 최고의 식당이었다.

"가만 보니, 여기 말고 7호실 앞 샤워실 주로 쓰더라. 저쪽은 보지 말고 앞만 보고 먹어."

아줌마는 눈은 숲에 두고, 변기 쪽을 가리켰다. 내가 피식 웃었다. 햅번 아줌마가 이런 데서 밥을 먹자고 하다니 신기했다. 아줌마가 연 도시락통엔 김밥이 들어 있었다. 당근, 우엉, 쇠고기가 가득 든 김밥이었다.

"김밥 좋아하니? 너 삐쩍 말라서, 한 번 맛있는 거 사주고 싶었어. 그런데 너는 일찍 가버리니까."

햅번 아줌마가 어깨를 으쓱하며 입을 조그맣게 내밀어 말하곤 내 손에 나무젓가락을 쥐여주었다. 선뜻 김밥을 집지 못했다. 너무 뜻밖이었다. 아니 처음이었다. 아니, 아니다. 김밥을 먹은 적은 있지만 나를 위해서 싸주는 김밥은 처음이었다.

"아줌마, 먼저 드세요."

"아니야, 난 싸면서 먹었더니 아직도 배가 불러. 여기는 어디 휴게실도 없고."

김밥을 집었다.

"밥도 제대로 못 챙겨 먹을 텐데, 식당 밥은 너무 별로고……. 너무 오랜만에 해본 거라 맛이 어떨지 모르겠다."

햅번 아줌마의 말에 대답도 잊은 채 김밥을 먹었다. 두 개씩 입에 넣고 우적우적 먹었다. 목이 막혀 왔다. 아줌마가 뚜껑을 딴 물병을 주었다. 물을 한 모금 마셨는데, 콧등이 찡했다. 어깨가 축 처지며 눈물이 솟아올랐다. 젓가락을 놓았다.

"왜 다 안 먹고?"

"많이 먹었어요. 남은 건……."

"동생 거 따로 있어. 저녁에 먹을 거니까 쉬지 않게 잘 보관해 뒀어. 걱정 말고 어서 먹어."

햅번 아줌마가 젓가락을 다시 나에게 쥐여 주었다.

어제 담배를 사달라고 했던 환자에게 내 동생 책임질 거냐고 했던 말을 햅번 아줌마가 들었다. 수액 상자를 챙기러 비품 창고로 갔을 때, 아줌마가 조심스레 물었다. 그 환자에게 그냥 대거리로 한 말이냐고.

"아니요. 동생하고 둘이 살아요."

이 한 마디에 얼마나 많은 이야기가 들어 있는지, 햅번 아줌마는 아는 걸까?

"아줌마도 점심식사 하셔야죠."

"괜찮다니까. 내 몸매를 봐라. 배 속에 뭘 많이 넣는 몸맨가?"

허리에 양손을 올리고 비틀어 보이며 웃었다. 웃고 있지만, 어깨를 으쓱하며 아이처럼 말하지만, 아줌마의 눈은 웃지 않았다. 명랑해 보이면서도 어느 순간엔 아무 생각도 안 하는 사람 같았다. 나는 다시 김밥을 집어 먹었다.

"잘 먹어서 좋다. 김밥을 싸도 누구 하나 쳐다보지도 않고, 잠만 자러 오는 사람들 같다니까."

아줌마가 광고에서 보던 것 같은 말을 했다. 바쁜 아침, 출근과 등교 준비로 바쁜 남편과 아이들에게 한 숟갈이라도 먹으라고 밥그릇을 들고 쫓아다니는 주부의 모습, 이어지는 영양제나 후레이크 광고. 햅번 아줌마도 그런 주부인 것 같았다.

"학생 둘, 따라 오세요."

김 샘이 카트를 끌고 12호실로 들어갔다.

"이제야 뭐 하나 가르쳐주려나 보다."

햅번 아줌마가 내 뒤에서 속삭였다.

간병인이 견과류를 먹다가 일어섰다. 서진 환자는 눈을 뜨고 있었다.

"손 여사님, 서진 환자 식사 몇 시에 들어갔죠?"

"아침을 건너뛰어서 아까 열한 시에 들어갔어요."

"지금 한 시니까 괜찮겠네요. 지금 콧줄의 테이프를 갈아줄 거예요. 잘 보고 앞으론 학생들이 해보세요. 우리 병동엔 콧줄 끼우는 환자가 두 명밖에 없으니까."

"네."

콧줄은 입으로 식사를 못하는 환자들이 콧속으로 관을 넣어, 위에 바로 액체음식을 넣어주는 장치였다. 콧줄이 움직이기 때문에 고정시켜주는 테이프를 콧등에 연결해서 붙여주고 있었다.

김 샘은 테이프를 검지 정도의 길이로 잘라, 바지 모양으로 길이의 반까지 가운데를 나누고 카트 옆에 붙였다. 그런 테이프를 두세 개 만들어 보여줬다. 그리고 환자를 살폈다.

"이민숙 학생, 우리가 콧줄이라고 부르는 이 관은 원래 이름이 뭐예요?"

"네? 그게, 콧줄이라고만 들은 것 같은데요. 노오즈 라인?"

"뭐, 라고요!"

김 샘의 앙다문 입술에서 화난 목소리가 삐져나왔다.

"가훈아, 뭐라고 하더라?"

햅번 아줌마가 눈을 굴리며 내게 속삭였다.

"왜 그걸 다른 사람한텐 물어요? 이민숙 학생은 이론 수업 다 하고 온 거 아니에요?"

"그렇긴 한데요."

햅번 아줌마가 어깨를 움츠리며 김 샘의 눈치를 보았다.

"오십 넘어서 조무사 자격증을 따고 일하려는 사람의 태도가 왜 이렇게 엉성해요? 이런 식이면 얼마나 간호사들한테 무시당하는지 알아요? 요새 젊은 애들은, 늙었으면 집에서 놀지 뭐 하러 나왔냐고 대놓고 무시한다고요."

김 샘이 낮은 목소리로 다그쳤다. 햅번 아줌마는 고등학생처럼, 고개를 푹 숙이고 손톱을 물어뜯으며 아무 말도 못 했다.

"물론 콧줄이라고 늘 말해요. 하지만 정확히 알고 난 이후 약어나 일상용어를 써야 하는 거 아닌가요? 이 줄은 액체 식사가 들어가는 비위관이에요. 잊어버리지 마세요."

김 샘은 인정사정없는 목소리로 한마디 더 했다.

"직업정신 없이 일하려면 당장 관두세요."

햅번 아줌마가 안쓰러울 정도였다. 나는 '비위관'을 중얼거리며 얼굴을 돌렸다. 침대 끝에 있는 탁자 위, 조그만 달력이 보였다. 아이들의 사진이 있고 그 밑에 요일과 숫자가 한 줄로 이어져 있었다. 여자아이 둘이 가운데 남자아이를 두고 찍은 상반신 사진이었다. 점점, 아이들의 얼굴이 선명하게 눈에 들어왔다. 목을 빼고 눈을 찌푸려 사진을 더 가까이 보았다. 내가 기억하는 게 맞다면, 저 사진은 몇 년 전 사진이고 12호실로 들어가던 그 아줌마도 내가 잘못 본 사람이 아니었다. 그럼 여기 누워 있는 환자는 저 세 아이 중 한 사람? 여자니까 둘 중 하나. 고개를 돌려 환자의 얼굴을 확인해야 하는데 고개가 돌아가지 않았다.

서진이었는데, 분명히 환자 이름은 서진이었는데? 그 아이는 서 씨가 아니었는데? 숨을 몰아쉬다가 병실 밖으로 나갔다. 환자의 이름표를 다시 보았다.

'서진.'

순간 동갑이라고 했던 햅번 아줌마의 말과 중학교 때 세호 형이 했던 말이 스쳐 지나갔다.

"야, 걔 있잖아. 걸그룹 한다고 동네 소문났던 애. 강남으로 이사 갔더라? 학원 애들 중에 아는 애가 있더라고. 이름도 바꿨대. 서진이라나? 그거나 그거나. 거기서 안 꿀리려고 걔네 엄마가 난리래. 칫."

그렇게 말하곤 미니 슈퍼 문을 부서져라 열어젖히고 들어갔었다.

병실로 다시 들어갔다.

며칠 동안 내겐 '12호실 서진 환자'였던 얼굴을 찬찬히 보았다. 서진 환자는 잔디가 막 자란 듯한 머리와 볼이 움푹 들어간 마른 얼굴로, 얌전한 아이처럼 팔을 몸에 딱 붙이고 길게 누워 있었다. 얼굴을 다시 보았다. 왼쪽 광대뼈 밑에 까만 점이 있다. 사진 속 얼굴과 내가 기억하는 얼굴과 침대에 누워 있는 얼굴이 겹쳐졌다. 성해진. 해진이가 맞다. 다리가 후들거려서 침대 난간을 붙잡았다.

2시에 오후 바이털 체크를 시작했다.

12호실 앞에 해진이 엄마와 수간호사가 서 있었다. 독감으로 면회가 금지된 상태였지만, 서진 환자의 상태가 좋지 않아 보호자가 자주 오고 있었다. 10호실로 들어가며 얼핏 보았지만, 해진이 엄마의 얼굴은 전보다 나아 보였다. 눈빛도 달랐다. 10호실을 나와 12호실을 지나쳐 가면서 눈이 마주쳤다.

"가훈아, 잠깐만."

11호실에서 나온 햅번 아줌마가 소리를 낮춰 불렀다.

"6호실 환자 한 명 산소포화도 못 쟀어. 재고 올게. 12호실 체크 좀 해줘."

할 수 없이 12호실로 들어갔다. 들어가는 순간 해진이 엄마가 내 얼굴과 이름표를 보았다. 해진이는 눈을 뜨고 있었다. 해진이의 바이털을 재는 동안, 문 앞에 있는 해진이 엄마의 시선이 느껴졌다. 혈압이 다른 때보다 조금 높았다. 붉은 볼펜으로 체크를 했다. 이불을 조금 내리고 내 손목시계를 보았다. 1분 동안 숨 쉬는 횟수를 세어야 했다. 시간이 없을 때는 15초 동안 세고 곱하기 4를 해서 호흡수를 적으면 된다. 15초 동안 해진이의 가슴을 내려다보았다.

'하나, 둘, 셋, 넷, 다섯, 여섯.'

곱하기 4를 하면 24. 평균 호흡수인 18보다 조금 빨랐다. 붉은 볼펜으로 체크하고 이불을 덮어주었다. 카트를 끌고 병실을 나왔다. 해진이 엄마는 여전히 서 있었다. 인사해야 하나, 잠시 고민했다. 알아보지도 못하는데 괜히 아는 척하기 싫었다. 아는 척해서 좋을 상황이 아니었다.

13호실을 노크했다. 까칠 회장 포스의 환자가 웬일로 침대에 누워서 기다리고 있었다.

"정신을 어디다 놓고 왔나?"

"네?"

"혈압계!"

혈압계를 거꾸로 감고 있었다. 놀라서 다시 혈압계를 감았다. 혈압이 조금 높았다. 고혈압 환자였기에 따로 체크하지 않았다.

"혈압을 재려고 운동도 하지 않고 기다렸는데, 지금 높게 나왔다면 혈압계를 잘못 감는 걸 보고 놀라서 그런 거야."

제일 기본인 혈압계를 거꾸로 감다니, 부끄러워 얼굴이 뜨거워졌다. 입을 꾹 다물고 환자의 귀에 체온계를 넣었다.

"아야!"

"아, 죄송합니다."

손이 떨려서 체온계를 너무 꾹 넣은 것 같았다. 환자의 눈이 커지고 숨이 가빠졌다.

"간호사!"

목소리가 쩌렁쩌렁했다. 바로 간호사실 앞 병실이라 김 샘이 달려왔다.

"아무것도 모르는 학생들한테 환자의 중요한 바이털을 재게 하는 게 맞는 건가! 이거 얼마든지 문제 삼을 수 있는 거야!"

환자는 김 샘에게 인상을 쓰며 말하면서, 검지로는 나를 가리키며 흔들어댔다. 그 손가락의 흔들림이 나를 비웃는 세상의 혓바닥 같았다. 김 샘이 다가가 환자의 팔을 내리고 이불을 덮으며 진정시켰다.

"학생이 무슨 실수를 했나 봐요. 알겠습니다. 조치를 취하겠습니다. 자, 천천히 숨을 쉬세요."

"아니, 정식 간호사가 그렇게 없어? 내가 개인적으로 간호사 써도 되는 건지 알아봐요."

환자는 끙 소리를 내며 돌아누웠다. 김 샘이 잠시 숨을 고르더니 말했다.

"아유, 화 많이 나셨네요. 환자분 마음 잘 알겠습니다. 그런데 이 학생들은 나중에 조무사가 될 사람들이에요. 만약 학생들이 없다면 점점 조무사도 줄어들 테고, 간호사만 있으면 어떻게 병원이 돌아가겠어요. 그리고 간호사들이 다 체크하고 중간중간에 학생들이 실습하면서 공부하는 거예요. 의사도 수련의 기간이 있고, 간호사도 실습 기간이 다 있잖아요."

환자가 귀찮다는 듯 나가라는 손짓을 했다.

카트를 끌고 병실을 나와 문을 닫았다. 해진이 엄마가 아직도 12호실 앞에 서 있었다. 간호사실로 들어가는 나를 계속 보았다. 나를 알아본 것이다.

김 샘은 아무 일 없었다는 듯 링거 세트를 준비했다.

"죄송합니다."

"여기는 요양병원이야. 그중에서도 7층 환자들은 의식이 있는 환자들이지. 일반 병원도 아니고, 요양병원에 입원해 있다는 자체만으로 스트레스가 되는 사람들. 멀쩡해 보여도, 심통을 부려도, 깨물고 때려도 다 아픈 사람들이야. 몸도 아프고 마음도 아픈 사람들. 그래서 가끔 다 알면서도 저렇게 태클을 걸어."

며칠 전 소독을 위해 잠든 환자를 깨웠다가, 김 샘은 팔을 물렸다고 했었다.

"그 태클의 대상이 우리 조무사들인 경우가 많지. 내가 학생들한테 자꾸 주의를 주며 공부시키는 이유 중 하나야."

김 샘이 웃으며 링거 세트를 들고 병실로 갔다. 김 샘의 여유 있는 웃음이 씁쓸했다.

해진이 엄마가 1층에서 나를 기다리고 있었다. 아르바이트 가야 할 시간이 빠듯했지만, 원무과 앞 대기 의자에 앉았다.

"많이 컸구나."

"안녕하셨어요?"

말하고 나니 잘못 말한 것 같았다. 안녕할 수 없는 상황인데.

"너를 알아보고 좀 놀랐어. 딸이 저러고 있으니, 세상사 아무 느낌이 없었는데……."

해진이 엄마는 씁쓸하게 웃었다.

"너 만나려고 그랬나. 이번 주에 이사하거든. 해진이 물건 정리하다가 일기장 모아놓은 걸 죽 읽었어."

해진이 엄마의 목소리가 떨렸다.

"6학년 일기장엔 네 이름이 많이 나오더라. 네가 많이 신경 썼나 봐. 춤추고 노래하는 것밖에 모르던 성해진이 말이야."

6학년 때……. 생각하기도 싫은 날들이다.

"해진이도 너를 알아본 것 같기도 해. 전에 없이 토하고 혈압도 높고……."

정말 해진이가 나를 알아보았다면, 얼마나 싫었을까. 얼마나 자존심이 상했을까.

"저, 알바 갈 시간이에요."

"아, 그래."

인사를 하는 둥 마는 둥 하고 병원을 나왔다. 꿈숲 앞을 뛰듯이 걸어 소양동 계단을 올라갔다. 점점 숨이 차올랐다. 계단을 다 올라가 뒤돌아보았다.

꿈숲과 요양병원에서, 지금은 아파트 숲 사이에 있는 초등학교까지 시선이 이어졌다.

드르륵

뒷문을 열고 교실로 들어갔다. 결석한 지 오 일 만이다. 결석하든 말든, 며칠이 되었든 아무도 나에게 신경 쓰지 않았다. 며칠씩 결석하고 가면 자리가 바뀌어 있을 때가 많았지만, 창가나 복도 쪽 끝줄 빈자리가 내 자리였다. 빈자리를 찾다가 창가 쪽 맨 끝에 앉았다. 그러곤 책상에 엎드려 창밖 하늘만 보았다.

"너니?"

누가 나한테 말하는 것 같았다. 머리를 들어 교실 쪽을 보았다. 눈썹까지 내려온 머리카락 사이로 한 여자애가 보였다. 성해진이다.

"네가 내 동생 때렸냐고!"

몰려 있는 아이들 틈에서 해진이가 한 발자국 다가서며 말했다. 내가 천천히 고개를 끄덕였다.

"와, 강심장이네. 해진이 동생을 때려놓고, 미안하단 말을 먼저 해야 하는 거 아냐?"

해진이보다 주변 아이들이 더 난리였다. 별 대꾸 않고 창밖으로 고개를 또 돌렸다.

"너, 연기하니?"

연기? 무슨 말인가 싶어 해진이를 올려다보았다.

"남의 동생을 때려놓고 미안하다 말하기 싫으니까, 드라마의 슬픈 주인공처럼 우울한 눈빛을 하는 거 아니냐고? 웃겨. 진짜."

걸그룹 준비를 한다더니, 연기 공부도 하나 보다. 눈빛 분석도 배웠나? 피식 웃음이 났다. 귀찮다는 듯 책상에 두 팔을 포개어 얼굴을 묻었다.

6교시, 아이들이 선생님을 졸랐다.

"그럼 우리 성해진 노래 한 번 들어볼까?"

선생님이 못 이기는 척 해진이를 불렀다. 해진이는 아이돌 연습생이다. 학기 초에, 주니어 케이 선발 프로그램이 있어서 수업을 자주 못 나온다고 했었다. 그런 말을 못 들었더라도 해진이는 이미 학교에서 유명했다. 본 적은 없지만, 광고에도 나온다고 했다. 결승전까지 못 간 것도 아이들은 다 알고 있었다. 그래도 반 아이들은 해진이를 신기해하고 같이 놀고 싶어 했다. 해진이가 노래하며 살짝 웨이브를 했는데 아이들의 환호성이 터졌다. 슬쩍 얼굴을 들어 해진을 보았다. 보다가 선생님과 눈이 마주쳤다.

선생님도 나에게 신경 쓰지 않았다. 해진이가 나에 대해 아는 건 며칠 걸리지도 않을 거다. 아이들이지만 누구를 맘 놓고 씹어야 하는지 잘 알고 있었다.

"아, 엄마아! 어떻게 매일 점심시간마다 진우한테 가냐고?"

해진이가 복도에서 전화하고 있었다. 얼핏 들었지만 무슨 내용인지 알 것 같았다. 내가 또 진우에게 뭐라고 할까 봐, 해진이 엄마는 해진이에게 동생을 살피라고 하는 것 같았다. 내가 지나가자 갑자기 해진이가 빠른 걸음으로 계단을 내려갔다.

"야, 성해진. 난 점심시간마다 내 동생 보러 가는 거야. 니 동생한테 관심 없어."

해진이가 걸음을 멈췄다. 해진이 옆을 지나 계단을 내려갔다.

"너 정말 엄마 없어?"

뒤돌아 해진을 올려다보았다. 휴대폰 없어? 하고 묻는 것처럼 해진이는 고개를 갸웃하며 서 있다.

"응. 없어."

"불편하겠다."

뭐라고 답해야 할지 순간 생각나지 않았다.

"어……. 난 괜찮은데 내 동생한테도 엄마라는 게 없어서, 대신 오빠라는 게 있다고 보여주려고."

그 후로, 해진이는 내가 있는 쪽을 자주 보았고 모둠도 나와 하겠다고 했다. 아이들은 친절한 해진 씨라고 말하며 비웃었다.

불편하지 않은 해진이가 나에게 베푸는 친절이 하나도 고맙지
않았다.

　　몇 년이 지나고 열아홉 살,
　　요양병원에서 만난 우리. 해진이도 나도 불편한 상황이 되고
말았다.

06
리도카인

미니 슈퍼 문이 잠겨 있었다. 어제도 잠겼었나, 잘 생각이 나지 않았다. 요 며칠 햅번 아줌마가 밑반찬을 줘서, 미니 슈퍼에 들르지 않았었다. 문을 두드렸다. 잠시 기다려도 아무 대답이 없었다. 다시 두드렸다.

"왜?"

미니 슈퍼와 연결된 뒷집 옥상에 세호 형이 서 있었다.

"아줌마는 어디 가셨어?"

"왜?"

세호 형이 귀찮다는 듯 대꾸했다. 말해주고 싶지 않다는 뜻이다.

"아니야."

돌아서 옆 골목으로 들어갔다.

"야, 잠깐만."

세호 형이 우당탕 뛰어 내려왔다.

"너, 저기 요양병원에서 일한다며?"

다음 말을 기다렸다.

"거긴 입원비 얼마 하냐?"

"그런 거 몰라. 왜?"

"에이, 엄마가 며칠 전에 쓰러져서……."

"뭐!"

남의 엄마 얘기하듯, 심드렁한 세호 형의 모습에 화가 치밀었다.

"그래서 지금 어느 병원에 있어? 상태는 어떤데?"

침대에 누워 꼼짝도 못 하고 눈만 뜨고 있는 뇌출혈 환자들이 떠올랐다.

"몰라. 평소에 운동도 하고 다이어트도 좀 하랬더니, 병원비로 다 나가게 생겼어. 노인네가 사업하는 게 맘에 안 들면 밀로 할 것이지."

"무슨 말을 그렇게 해? 아줌마가 형을 위해서 얼마나……."

"아, 씨발. 입 닫아라. 위해서, 위해서! 나도 우리 엄마 위해서 돈 좀 벌려고 했다. 왜!"

세호 형의 주먹이 내 얼굴 앞까지 날아왔다. 주먹을 잡아서 내리고 돌아섰다.

"야, 우리 엄마 그 병원 가면 잘해줘라. 너랑 네 동생 많이 숨겨준 거 알지? 참, 너네 아버지 살아 있기는 하냐?"

큭, 큭, 큭……. 세호 형의 웃음이 따라왔다. 초등학교 때도 세호 형은 잘 웃었다. 돈도 잘 쓰고, 슈퍼에서 가져온 과자들을 친구들에게 잘 나눠줬다. 학교 짱이라는 형들 옆에서 세호 형은 늘 웃으며 따라다녔다. 어쩔 땐 그렇게 웃을 수 있다는 게 부러웠었다.

현관문 자물쇠를 열었더니 가영이가 부엌에 쪼그리고 앉아 있었다. 손은 수건으로 감싸서 가슴에 안고 있었는데, 피가 배어 있었다.

"왜 그래?"

"담비가, 흑흑……."

가영이가 울먹이며 고양이를 가리켰다. 담비는 냉장고와 벽 사이에서 가르릉거렸다.

"내가 담비 목욕시켜 주려고 했는데, 자꾸 도망가서 붙잡아서 또 목욕시키려고 했는데 막 나를 할퀴었어."

"고양이는 자기 스스로 몸을 깨끗이 한대. 목욕시키는 거 아니래."

"아니야! 더러워. 찌찌도 씻어야 하고, 여기도 씻어야 돼. 막 벌레가 기어 다니는 것 같단 말이야. 씻어도 씻어도 자꾸만 벌레가……."

고양이 발톱에 긁힌 손으로 아랫도리를 가리켰다. 가영이 손을 잡고 힘없이 바닥에 앉았다. 늘 욕실에 있는 고무대야에 물이 가득했고, 가영이 머리가 축축했던 이유였다. 가영이는 그 순간을 매일 생각하고 있었나 보다. 이럴 땐 어떻게 말해 줘야 할까.

손에 약을 발라주었다.

"가영아, 가영이는 더럽지 않아. 벌레는 반드시 사라질 거야. 오빠 말 믿지?"

가영이는 얼른 고개를 끄덕이지 않았다. 눈을 동그랗게 뜨고 눈치를 보았다. 어렸을 때부터 눈치를 보며 살아온 아이다. 아빠 눈치, 선생님 눈치, 친구들 눈치. 눈치를 보는 가영이의 눈동자가 흔들렸다.

"오빠, 울어?"

"아니. 오빤 울지 않아. 참, 목욕 많이 하면 물세가 많이 나와. 그러면 오빠가 알바를 많이 해야 되고 맨날 더 늦게 올 텐데, 괜찮아?"

일부러 불쌍한 표정을 지으며 말했다. 가영이가 재빨리 고개를 저었다. 햅번 아줌마가 준 반찬들과 고추장을 넣어서 밥을 비볐다. 반찬 속 양념 냄새가 고소했다.

"햅번 아줌마, 반찬 참 잘한다. 그치?"

가영이가 숟가락을 입에 물고 웅얼거렸다. 입안 가득 밥을 넣고 고개를 끄덕였다.

"그 아줌마 또 보고 싶다."

"그럼, 또 나갈까? 6시 조금 넘으면 병원에서 나오시잖아. 꿈숲 앞에 있으면 만날 수 있어."

협번 아줌마가 반찬 주는 걸 잊었다며, 꿈숲 앞으로 나오라고 한 적이 있었다. 아르바이트 시간 때문에 갈 수 없었다. 혹시나 싶어 가영이에게 말했더니 혼자 가겠다고 했다.

"이 동네에 아빠 없지? 죽었지?"

내가 고개를 끄덕이자, 가영이는 후드티의 모자로 머리를 가리고 현관문을 나섰다. 걱정이 돼서 가영이를 쫓아갈 수밖에 없었다.

꿈숲 앞에 협번 아줌마가 서 있었다. 아줌마는 가영이를 몰랐지만, 가영이는 협번 아줌마에게 한 걸음씩 천천히 다가갔다.

"어머, 네가 가영이구나."

가영이 고개를 숙였다.

"이거, 집에 다시 들고 가기 싫어서. 다 먹으면 또 해줄게. 아줌마, 요리 학원만 몇 년을 다녔게."

가영이는 반찬 통을 받아 들고 또 고개를 숙였다. 고맙습니다, 라는 말도 하지 않았다.

"그 아줌마가 정말 나 이상하다고 하지 않았어? 지저분하다고 하지 않았어? 정말 예쁘다고 했어?"

몇 번이나 묻고 확인했던 말을 또 했다.

가영이는 학교에서 지저분하다는 놀림을 많이 받았었다. 지저분하다는 건, 괴롭히는 이유 중 하나였다. 이유도 없이 가영이는 괴롭힘을 당했다. 가영이에게 웃어주는 사람도 가까이 오는 사람도 없었다. 그나마 미니 슈퍼 아줌마가 가영이를 불쌍하게 볼 뿐이었다.

"햅번 아줌마도 오빠도 거짓말 안 해."

짐짓 가영이에게 엄하게 말하며 밥을 먹었다. 가영이도 오랜만에 밥을 많이 먹었다.

현관문을 밖에서 잠그고, 소양동 계단을 내려갔다. 꿈숲 요양병원이 보였다.

실습에 정신이 없어, 잠시 내 머리에서 밀려난 그 사람을 생각했다.

장중진이 저기, 꿈숲 요양병원에 있다.

"학생, 약국 좀 다녀오세요."

"네."

의사의 오더 용지와 약을 담을 바구니를 챙겨 나갔다. 햅번 아줌마가 엘리베이터에서 내렸다. 원무과 심부름을 다녀오는 길이었다. 아줌마가 힐끗 간호사실을 보며 말했다.

"같이 가자. 간호사실 있으면 샘들 무섭고 답답해."

약국은 6층에 있다. 의사의 오더에 따라 약이 지어지고, 각 병동에서 지어진 약을 받으러 약국에 간다. 대부분 장기 입원 환자들이라, 늘 먹는 약의 증세에 따라 약을 추가하거나 뺀다.

6층 자동문의 비번을 눌렀다. 문이 열리고 간호사실에서 어떤 샘이 얼굴을 들어 우리를 확인했다. 처음엔 왜 왔냐고 물었다. 몇 번 약국에 가다 보니, 이젠 묻지 않았다. 7층 외에 학생들이 꼭 드나드는 병동은 6층과 소독실이 있는 5층뿐이다. 약국은 복도 맨 끝에 있다. 복도 양옆으로 병실이 있지만, 대놓고 환자 이름을 보거나 병실 안을 유심히 볼 수 없었다. 당장 간병인들이 무슨 일이냐고 묻는다. 몇 번 이곳을 지나치지만, 장중진은 없는 것 같았다.

약국으로 들어갔다.

"7층 약 받으러 왔습니다."

"네, 잠시만 기다리세요."

약을 짓는 커다란 기계가 기차처럼 약 봉투를 끌고 들어가고, 각각 약이 담기고 붙여져서 나왔다. 약사는 기계에 약의 종류를 입력하고, 한 줄로 이어져 나온 약 봉투를 들어 확인했다. 그 모습을 신기하게 보다가, 약국 입구부터 이어진 약장을 찬찬히 살폈다. 크고 작은 약상자나, 약병에 적힌 이름들과 용법은 너무나 생소하고 어려워서 매일 봐도 어디에 어떻게 쓰이는 약인지 알 수가 없었다.

"뭘 그렇게 봐?"

햅번 아줌마가 내 팔을 툭 치며, 입말을 했다.

"아, 약이 너무 많아서요."

소곤거리며 답했다.

"여기 사인해주세요."

"네? 왜요?"

약사의 말에 햅번 아줌마가 눈을 동그랗게 뜨고 물었다.

"아, 이 약은 향정제라 받는 사람이 사인하고 가져가는 거예요."

향정제, 잠을 잘 못 자는 환자에게 쓰는 약이라고 들었던 것같다. 햅번 아줌마가 종이에 이름을 적었다.

"내 이름이 이렇게 중요한 곳에 쓰이다니. 이 약이 잘못되면제가 책임을 지는 거죠? 텔레비전에서 많이 봤거든요."

햅번 아줌마의 해맑은 말투에 약사가 어이없어하는 표정을숨겼다.

가져가야 할 약은 다 나오지 않아서 더 기다려야 했다. 약사가약 봉투를 확인하는 사이, 나는 또 진열장을 보았다. 줄줄이 놓여있는 약 이름을 읽어가다가 되돌아가 다시 보았다.

'리도카인?'

그날 이후로 잊히지 않는 단어는 '간호조무사와 리도카인'이었다.

4월 첫 주에 진로 상담을 위해 교무실에 갔을 때 선생님은 텔레비전 야구를 보고 있었다. 나를 흘낏 본 선생님이 잠깐, 하는눈짓을 하더니 텔레비전을 다시 보았다. 야구 시즌이 아니었지만, 스포츠 채널에선 언제 했던 건지도 모를 경기의 재방송을 자주 했다. 딱! 소리와 함께 선생님의 어깨가 들썩했다. 나는 학교 오면서 받은 요양병원 전화와 진로를 정하는 문제로 머리가 복잡한 터였다. 선생님이 야구광이라 시간을 벌 수 있는 게 차라리 고마웠다. 그러다 무심코 나도 텔레비전을 보았다. 홈런! 해설사의 고함과 마운드를 도는 선수를 따라 선생님의 어깨도 돌고 있었다. 나는 마운드를 도는 선수의 발밑으로 지나가는 뉴스를 보았다.

- 간호조무사가 리도카인, 프로포폴 등 마취제를 이용하여 남자 친구 링거 살인

홈런을 친 선수가 홈으로 들어오고, 3점이 올라가는 걸 확인하고서야 선생님은 텔레비전을 끄고 나를 돌아보았다.

"그래, 생각해 봤어?"

나는 계속 새까만 텔레비전 화면을 보았었다.

간호조무사. 리도카인. 간호조무사. 리도카인……. 장중진……. 리도카인…….

텔레비전을 끄기 전 화면 밑을 지나가던 뉴스 한 줄과 장중진의 이름이 계속 지나가는 것 같았다.

"간호조무사, 하겠습니다."

그날 글자로만 봤던 리도카인이 실물로 내 눈앞에 있다.

"약, 다 나왔어."

햅번 아줌마가 또 나를 쿡, 찔렀다. '리도카인'에서 멈춰 있는 내 머리와 목이 삐걱거리며 제자리로 돌아왔다. 약사도 햅번 아줌마도 나를 보고 있었다.

약사를 제대로 보지 못하고 약이 가득 든 바구니를 받아 들고 나왔다. 다리에 힘이 빠져 걸음이 느려졌다. 마치 리도카인이란 것이 핏줄 속으로 들어간 듯, 숨쉬기가 힘들었다. 겨우 정신을 차리고 엘리베이터 앞으로 갔다.

'그만한 일로 숨도 못 쉬면서, 그 약 하나 본 걸로 정신을 놓으면서 무슨 일을 하겠다고. 쯧쯧……'

내가 내게 혀를 찬다. 비웃어도 싸다.

"괜찮니?"

햅번 아줌마가 걱정스럽게 물었다.

"몸이 안 좋아 보인다. 무슨 일 있니?"

"아니에요."

마른 목소리가 겨우 나왔다.

"우리 이제 일주일 지났지? 언제 4개월 채우니? 어휴……"

시간이 더디 흐르는 건지 빨리 흐르는 건지 모르겠다. 얼른 장중진을 찾아야 한다는 마음과 막상 찾았을 때의 순간을 생각하면 등에서 땀이 나기도 했다. 실습생으로서 바삐 일하는 시간이 장중진을 잠깐이라도 잊는 시간이다.

점심을 먹고 왔는데 간호사실이 분주했다. 새로운 환자가 오고 있다고 했다. 새로운 환자는 날짜만 정해져 있을 뿐, 하루 중 아무 때나 왔다.

"학생, 소독 올린 거 안 찾아왔어요?"

김 샘이 소독 세트를 챙기며 물었다.

"새로 오는 환자, 드레싱 다시 해야 하는데 소독 거즈 충분히 채워놔요."

"네, 지금 다녀오겠습니다."

김 샘의 말에, 눈으로 햅번 아줌마를 찾으며 답했다.

"아, 이민숙 학생은 재활치료실에 심부름 갔어요."

소독 올리고 찾는 건 주로 햅번 아줌마가 했다. 나는 한 번 가봤기 때문에 소독기 다루는 일이 조금 자신 없었다. 소독기 앞에 붙은 매뉴얼 표를 보면 되겠지 싶었다.

소독실은 5층. 5층에 갈 기회는 많이 없었기에 이참에 병실을 살펴봐야겠단 생각이 들었다. 병실 앞에 붙은 환자 이름표를 보며 천천히 걸었다. 낮에는 거의 병실 문이 열려 있어서 간병인과 의식 있는 환자들도 지나가는 나를 보았다. 그래서 이름을 보아도 제대로 머리에 들어오지 않았다. 소독실로 바로 들어가지 않고, 복도 끝을 돌아 다른 병실 앞을 지나갔다. 그 이름은 없는 것 같았다. 간호사실 근처까지 갔다가 되돌아서 소독실로 걸어갔다.

쿵!

"어구구, 조심해야지요. 왜 그래요?"

"으으으윽……."

갑자기 병실에서 환자의 낙상 사고가 난 것 같았다. 간호사실에서 샘들이 뛰어나왔다. 샘들이 들어간 병실은 금방 지나온 곳이었다. 그냥 갈까 하다가, 궁금해서 병실 안을 슬쩍 보았다. 바닥에 엎어졌는지 지팡이와 환자의 다리가 보이고, 주위에 간병인과 샘들이 환자를 부축하며 일으키고 있었다. 무심코 문 앞에 붙은 환자 이름표를 보았다.

고*형

장*진

이*우

송*철

6인실이다. 환자 이름을 끝까지 못 읽고 다시 위로 눈을 올렸다. 고*형, 다음 장*진. 순간 뒷목이 서늘했다. 장*진. 설마……, 병실 안을 다시 보았다.

"환자분, 괜찮으세요? 빨리 주치의 샘 불러요!"

샘들과 간병인이 안간힘을 쓰며 환자를 침대에 올렸다. 환자의 얼굴은 보이지 않았다. 다른 환자들을 훑어보았는데 장중진은 없었다.

"어쩌다 넘어지신 거예요?"

"아니, 빨리 나을 거라고 용을 쓰며 혼자서 지팡이 짚고 화장실은 가던데, 아까는 멀쩡히 침대서 내려와서 서 있더구먼, 갑자기 맥없이 푹 주저앉았다니까요. 부축해 달라 하면 벌써 해줬지. 그리 혼자서 한다 해대더니…….”

간병인은 자신의 잘못이 아니라고 변명하느라 정신이 없었다.

“비, 비키, 비키라고…….”

환자가 아픔을 참으며 뇌까리는 말이 들렸다.

“환자분. 이제 겨우 걸었는데……. 상태 더 나빠질 거예요. 그렇게 낙상 조심하라 했잖아요.”

“비, 키, 보라고…….”

“아니, 왜요?”

간호사가 환자의 말에, 뒤에 뭐가 있나 싶어 몸을 돌렸다. 순간, 온 얼굴을 찌푸린 채 복도 쪽을 보는 장중진의 눈과 마주쳤다.

헉, 너무 놀라 문 옆으로 몸을 숨겼다.

“저, 저기…….”

“참, 환자분. 다른 보호자는 없어요? 지금 번호는 몇 번이나 해도 안 받는데요.”

간호사는 장중진이 지금 왜 그러는지 알려고 하지 않았다.

장중진은 지나가는 나를 본 것이다. 순간 놀라서 지팡이를 놓치고 쓰러진 것이다.

장중진이 5층에 있었다니. 숨이 가빠졌다. 소독실에서 얼른 소독품을 꺼내서 엘리베이터로 갔다.

"본이 어디야?"

또 그 환자다. 나만 보면 본을 물어보는 환자. 정말 환자인지 의심스럽다. 멀쩡히 걸어 다니고, 나와 비슷한 큰 키에 자세도 반듯했다. 운동하러 다니는지, 이 층 저 층 아무 데서나 만난다.

처음엔 정신이 이상한 환자인 줄 알았다. 처음 보는 사람한테 대뜸 본부터 묻는 정상적인 사람은 없을 테니까.

지금은 누구하고 아무 말도 하고 싶지 않았다.

"본이 어디야?"

들으라는 듯 한숨을 내쉬며 환자를 똑바로 보았다.

"그건 왜 자꾸 물어보세요?"

환자가 고개를 옆으로 꺾어 내 이름표를 또 보았다.

"나는 덕수 장씨야."

'그래서, 어쩌라고!'

나는 환자의 눈을 노려보았다.

"덕수 장씨는 유명해. 이순신 알지? 이순신도 덕수 이씨잖아. 앞으론 누가 본을 물어보면 덕수라고 해. 그래야 무시당하지 않어."

본이란 게, 성씨의 시조가 처음 시작된 장소라는 게 그렇게 중요한 건가. 본과 몇 대손이라는 걸 자랑삼아 말하는 사람들을 보면 하나도 대단해 보이지 않았다.

무시당하지 않으려 유명한 가문의 본을 자기 것으로 바꾸라고? 그래서 내가 바뀌나? 내 몸속의 피가 바뀌나? 피식 웃으며 덕수 장씨 환자를 지나 계단을 올라갔다.

장중진은 한 번도 본에 대해 얘기한 적이 없었다. 할아버지나 할머니, 친척들을 만난 적도 없다. 아마 장중진은 자신이 어디에서 왔는지 모를 거라는 생각이 들었다. 어디에서 왔는지 기억하기 싫을 수도 있었다.

7층 계단 창문으로 꿈속 앞 도로 건너, 집들이 다닥다닥 붙은 언덕이 보였다. 여기서 보니 언덕이지, 예전엔 저곳이 주위에서 제일 높은 산동네였을 것이다. 세월이 지나면서 고층 아파트로 변한 주위에 비해 그나마 정감이 가는 동네가 되어 버렸다. 소양동도 아파트 단지로 개발되기만 기다리는 투자자들이 골목을 돌아다니고 있었다.

언덕을 가득 메운 집들 사이, 허름한 4층짜리 다세대 주택의 반지하로 내 몸이 빨려 들어가는 것 같았다.

'나는 내가 어디서 왔는지 알아. 내 본은 소양동, 반지하.'

⑦
세상의 눈이 닿지 않는

나는 숨바꼭질을 좋아했다. 들키지 않게 숨을 자신도 있었다. 어린이집에서는 친구들이 나를 찾지 못해서, 선생님께 찾아 달라고 할 정도였다. 아빠와 하는 숨바꼭질은 더 재밌었다. 아빠는 숨바꼭질을 할 때마다 노래를 틀었다. 아주 크게. 그 노래 속에서 나를 찾는 아빠의 발소리와 말소리가 다가올수록 내 가슴은 작은 북처럼 둥둥둥둥 울렸다.

"찾았다!"

아빠는 나를 두 손으로 번쩍 들어 올리고 내 얼굴에 입을 맞추고 수염을 비볐다. 아빠와 나는 온종일 이 시간만을 기다려온 것처럼 한바탕 난리를 피웠다. 아빠가 나를 찾지 못하는 날은 없었다. 아빠는 내게 신이었다. 모든 것을 만들고 모든 것을 다 알고 있다는 신.

"가훈아, 너는 이다음에 커서 세계 제일가는 재벌이 돼야 해. 너는 우리 집을 일으킬 가훈이니까. 알았지?"

아빠는 내 어깨를 꽉 잡으며 말했다. 아빠의 눈은 반쯤 감겨 있었고, 술 냄새가 코를 찔렀다. 나는 얼른 고개를 끄덕였다. 어깨가 아파서가 아니라 아빠가 정말로 그걸 원하는 것 같았다. 어떤 날은 대통령이 되라고 했다. 어떤 날은 박사였고, 어떤 날은 경찰이었다. 나는 그렇게 되고 싶었다.

엄마는 숨바꼭질을 좋아하지 않았다. 아빠가 숨바꼭질을 하자며, 노래를 틀면 엄마는 두 손으로 입을 막았다. 손 사이로 우는 건지 웃는 건지 모를 소리가 새어 나왔다. 아빠가 없는 날은 종일 부엌에 앉아 창문만 올려다보았다. 반쯤 열린 창문 사이로 지나가는 사람들의 다리가 보였다. 가끔 길 건너 사는 아이가 창살 사이로 나를 불렀다.

"현관문으로 와서 불러. 반지하 산다고 무시하니?"

엄마의 날카로운 목소리에 놀란 그 아이는 우리 집에 놀러 오지 않았다. 그 후로 엄마는 한여름이 다 지나도록 창문을 열지 않았다. 가영의 몸에 빨갛게 땀띠가 나도 엄마는 한숨만 쉬었고, 우리는 엄마의 한숨을 받아먹었다. 아빠는 계속 늦게 왔다. 아빠 얼굴을 못 본 날도 많았다. 아빠와 숨바꼭질을 못 한 지도 오래되었다.

계단을 내려오는 발소리는 언제쯤 날까, 현관문을 두드리는 소리는 언제쯤 날까. 밤 열한 시가 넘게까지 눈을 부릅뜨고 아빠를 기다렸다.

탕, 탕, 탕! 현관문을 두드리는 소리가 났다. 아빠다. 나는 얼른 일어나 숨을 장소를 찾았다. 제일 빨리 숨을 수 있는 곳은 바로 장롱이었다. 장롱문을 열고 안으로 들어가려는 순간 엄마가 내 팔을 잡았다.

"그게 그렇게 재밌니. 왜 만날 숨고 난리야!"

엄마는 입을 앙다물고 화를 냈다. 놀라서 눈만 끔벅거리는 나를 아빠가 안았다. 아빠의 눈이 벌겠다. 아빠는 나와 가영이를 장롱 안에 넣었다.

"숨바꼭질하는 거야. 아빠가 찾을 때까지 나오면 안 돼. 알았지?"

장롱문이 닫히고 음악이 크게 울렸다. 나는 장롱문에 귀를 붙였다. 왜 집이 울리도록 음악을 트는지 알지 못했다. 잠시 후, 음악 소리에 섞여 들리는 울부짖는 소리에 나는 부들부들 떨었다. 전에는 못 들었던 소리들이 자꾸 들렸다. 엄마는 피를 토하듯 울었다. 나 때문인 것 같았다. 엄마가 싫어하는 숨바꼭질을 내가 좋아했기 때문인 것 같았다.

다음 날 점심때가 되어서야 아빠는 장롱문을 열고 우리를 찾았다. 아빠는 일주일이 넘게 집에서 나가지 않았다.

"쳇, 난 자존심도 없는 줄 알아? 거기 아니면 일할 데 없는 줄 알아?"

잠을 자는데 아빠의 중얼거리는 소리가 들렸다. 게슴츠레 눈을 떠 보았다. 깜깜한 방, 아빠가 벽에 기댄 채 앉아 있었다.

내가 학교 갈 때까지도 잠을 자던 아빠가 밥상에 같이 앉았다. 텔레비전에서는 장사해서 돈을 많이 번 사람들이 나왔다.

"그래, 저거야. 아빠, 이제 장사할 거야."

아빠는 김치찌개 국물을 밥에 부으며 말했다.

"장사는 아무나 하나. 조금만 참고 다니면 될 것을."

엄마는 텔레비전에 나오는 누군가에게 말을 하듯이 중얼거렸다. 아빠가 숟가락을 탁 놓았다. 밥상이 엎어졌다. 김치찌개 국물이 내 허벅지에 쏟아졌고 밥그릇이 방문으로 날아가 박살이 났다. 아빠는 한참이나 엄마를 노려보다가, 밥상을 걷어차고 밖으로 나가버렸다.

다행이었다. 나는 또 아빠가 나와 가영이를 장롱에 넣고 숨바꼭질을 하자고 할까 봐 떨고 있었다.

처음으로 아빠를 기다리지 않았다. 잠이 오지 않았다. 가영이도 칭얼거리며 잠을 자지 못했다. 엄마는 부엌에서 멍하니 앉아 있을 뿐 가영이를 달래 주지 않았다. 가영이를 내 팔에 눕히고 등을 토닥여 주었다. 가영이가 손가락을 쪽쪽 빨며 잠이 들었다. 나도 가영처럼 잠이 들고 싶었다. 아빠가 오기 전에.

현관문이 쿵쿵쿵 울렸다. 아직 잠들지 못한 내 가슴이 쿵쿵쿵 울렸다. 이불을 뒤집어썼다.

"가훈아, 우리 가훈이 자니? 아빠랑 숨바꼭질하자. 응. 얼른."

아빠의 목소리가 이불을 파고들었다. 나는 눈을 꾹 감고 자는 척했다. 아빠가 이불을 들쳤다. 술 냄새가 확 풍겼다.

"이 녀석이. 숨바꼭질하자니까, 끄억."

아빠가 내 허리를 번쩍 들어 올렸다.

"애들 자잖아요. 제발……."

엄마가 애원하듯 말했다. 아빠가 피식 웃으며 손을 놓았다. 내 몸이 가영이 다리 위로 툭, 떨어졌다. 가영이가 놀라서 울었다.

"시끄럿!"

아빠의 고함소리와 엄마의 신음소리가 동시에 울렸다. 나는 더 이상 자는 척할 수가 없었다. 가영이를 안고 장롱 안으로 들어갔다. 가영이의 귀를 막았다. 온 집 안이 흔들릴 정도로 음악 소리가 크게 울렸다. 그런데 내 귀는 음악 소리를 걷어내고 또 걷어내고 엄마의 우는 소리를 찾아냈다. 아빠의 고함소리를 찾아냈다. 내 귀가 신기했다. 실실 웃음이 났다. 다른 아이들도 그럴까, 다른 아이들도 나처럼 숨바꼭질을 하고, 음악 소리 속에서 엄마의 우는 소리를 찾아낼까 궁금했다.

"엄마, 엄마."

아침이 되었고, 가영이가 울며 엄마를 찾았다. 부스스 일어난 아빠가 이마를 찌푸리며 방 안을 둘러보았다. 아빠의 눈은 뿌연 막이 씌워진 것 같았다. 뿌연 막 안으로 빨간 거미줄이 어지럽게 그려져 있었다.

엄마가 숨었다. 집 안 어디에도 없었고 동네 공터에도 없었다. 며칠이 지나도 엄마는 나타나지 않았다.

"우리, 엄마 찾으러 갈까?"

아빠는 외할머니 집으로 가는 길에 할머니와 엄마가 좋아하는 음식을 샀다. 술도 샀다.

"엄마 찾으면 파티해야지. 그치?"

아빠의 입가에 피어나는 웃음을 따라 나도 웃었다. 엄마는 숨바꼭질을 잘 못 하니까 금방 찾을 수 있을 것이다. 엄마가 보고 싶었다.

아빠는 외할머니께 인사도 제대로 하지 않고 부엌으로 들어 갔다.

"목이 타서 죽는 줄 알았네. 가훈아, 얼른 엄마 찾아봐. 아빠는 파티 준비할게."

마당이 있는 할머니 집은 엄마가 숨을 곳이 많았다. 나는 이 방, 저 방 들여다보고, 코를 막고 마당에 있는 화장실도 열어보았 다. 엄마는 보이지 않았다. 외할머니는 마당에 앉아서 한숨만 푹 푹 내쉬었다.

집을 돌아 뒤꼍 장독대로 갔다. 엄마는 돌담을 막 넘으려 하고 있었다. 역시 엄마는 숨바꼭질을 못 했다.

"엄마!"

엄마가 돌아보았다. 엄마의 한쪽 발이 미끄러졌다. 바들바들 떨리는 발이 돌을 디디지 못했다. 나는 두 손으로 엄마의 미끄러진 발을 잡았다.

"가훈아, 나중에, 나중에 엄마가 꼭 데리러 갈게."

엄마는 돌담을 넘어갔다. 허둥거리던 엄마가 돌담 너머로 빨간 묵주를 나에게 던졌다. 엄마가 성당에서 주웠다던 그 묵주였다. 그러곤 뛰어갔다.

"야!"

아빠의 고함소리에 놀라 돌아보았다.

"너, 엄마 잡으라고 했잖아!"

달려온 아빠가 냅다 돌을 집어 내 머리를 찍었다. 머리를 감싸고 쓰러졌다. 끈적한 것이 머리를 타고 내렸다.

나는 가지 말라고 엄마의 발을 잡았는데 엄마는 가버렸다. 나는 엄마를 놓친 게 아닌데 아빠는 나 때문에 엄마가 도망갔다고 했다.

아빠는 혼자 파티를 했다. 파티하는 내내 웃으며 할머니의 물건들을 부쉈다. 아빠의 파티가 끝났을 때, 외할머니는 진저리를 쳤다.

엄마는 숨바꼭질을 싫어하는 게 아니었다. 너무 숨바꼭질을 잘해서 내가 하는 게 시시해 보였던 것이다. 엄마가 숨어버린 날부터, 엄마는 어디 잠깐 볼일 보러 갔거나 할머니 댁에 다니러 간 사람이 되었다.

"엄마 없어도 우리 살아보자. 아빠가 이제 술도 안 먹고 열심히 일할 거야."

아빠의 눈에서 뿌연 막이 걷혀갔다. 하지만 아빠는 일을 하러 나가는 날보다 집에 있는 날이 더 많았다. 집에 있는 날이든, 어디 다녀온 날이든 술을 먹든, 안 먹든 아빠는 어느 순간 눈빛이 변했고 숨바꼭질을 하자고 했다. 아빠는 너무 싱거운 숨바꼭질에 질려 나를 쥐어박았다. 만날 숨는 곳이 똑같다고. 싱크대 안에 숨었던 날은 나를 걷어찼다. 사내자식이 부엌에서 기웃거린다고. 숨지 않고 버틴 날은 쌍욕을 해댔다. 아빠 말을 무시하는 놈이 어떻게 집안의 가훈이 되냐고. 엄마가 없으니, 나와 가영이가 아빠의 분풀이 대상이었다.

한바탕 난리를 치고 나면 아빠는 죽은 듯이 잤다. 그런 아빠를 보며 나는, 아빠가 깨어나지 않기를 바랐다. 아니, 깨어나서 다시 숨바꼭질을 하고 싶었다. 이번엔 내가 술래가 되고 싶었다.

꼭꼭 숨은 아빠를 찾아내 걷어차, 버리고 싶었다. 마구 짓밟아 버리고 싶었다.

그런 생각이 들 때면 뛰쳐나가서 아이들에게 시비를 걸고 싸웠다.

가영이는 어린이집도 한 번 가보지 못하고 초등학교에 입학했다. 나는 가영이를 교실에 데려다주고 점심시간마다 가영이네 교실로 갔다.

어느 날부터 가영이의 얼굴이 눈물로 얼룩져 있었다. 나는 가영이가 가리키는 그 남자애를 화장실로 끌고 갔다.

"너 죽을래?"

녀석은 멀뚱멀뚱 나를 올려다보았다. 구김 하나 없는 녀석의 셔츠가 나를 비웃고 있었다. 이 녀석은 엄마가 차려주는 밥을 먹고 엄마가 다림질해 준 옷을 입고 엄마의 손을 잡고 학교에 왔을 것이다. 나는 손가락을 입에 집어넣었다. 욱, 신물이 넘어왔다. 제길, 밥도 못 먹었다. 신물을 녀석의 셔츠에 뱉어 버렸다.

"한 번 더 내 동생 건드리면 그땐 네 얼굴에, 똥을 발라 버릴 거야."

녀석이 화장실 바닥에 주저앉았다. 답답했던 가슴이 뚫리는 것 같았다. 저녁 무렵 그 아이의 엄마가 들이닥쳤다. 나를 향해 조폭이냐, 깡패냐, 뭘 배웠냐, 당장 처넣겠다며 악을 썼다. 그 엄마를 보고 알았다. 그 녀석이 해진이 동생이라는 것을.

"때리지도 않았어요."

"얘 좀 봐. 때려야만 폭력이니? 우리 애가 얼마나 놀랐으면 말도 제대로 못 한다고!"

아빠는 커피를 끓여 내며 고개를 숙였다.

"이제 막 사업을 시작해서 아이들에게 신경을 못 썼습니다. 녀석이 자기 동생이라면 껌뻑 죽습니다. 아마도 집안 내력인 것 같습니다. 가족 간의 사랑이 너무 커서⋯⋯. 허허허. 정말 죄송합니다.”

아빠의 차분한 말투에 해진이 엄마의 화가 조금 누그러지는 것 같았다.

해진이 엄마가 돌아가고, 아빠가 숨을 몰아쉬었다.

“친구 때리는 것도 모자라, 어린애들까지 괴롭혀? 뭐가 되려고 이러는 거야, 엉!”

나는 아빠를 멍하니 보며 서 있었다. 아빠는 이중인격자 같았다. 아까 그 아줌마와 말을 하던 아빠가 정말 아빠가 맞는지 의심스러웠다. 아빠와 어떤 말도 하고 싶지 않았다. 아빠와 마주 선 이 공간이 너무 싫었다. 나는 신발을 신었다.

“너, 이 녀석. 아빠가 말하고 있는데…….”

아빠가 나를 돌려세웠다.

“짝!”

아빠의 커다란 손이 내 얼굴에 불을 일으켰다. 아빠는 쓰러진 나를 일으켰다.

“가훈아, 넌 우리 집 가훈이야. 아빠가 이런다고…….”

순간, 몸이 부들부들 떨렸다. 아빠의 입을 틀어막고 싶었다. 아빠를 밀쳤다. 밀어내는 내 손을 아빠가 잡았다.

“너 지금 아빠한테 반항하는 거야? 그런 거야? 그거였구나. 이 못난 아빠가 싫었다, 이거구나. 그래서 네가 여태껏 친구 때리고 도둑질하고 그랬던 거였어.”

아빠의 입이 실룩거리더니 웃기 시작했다. 아빠가 일어섰다. 두리번거리며 무엇인가를 찾았다. 안절부절못하는 아빠의 손을 보고 있으니 토악질이 나올 것 같았다. 아빠가 방문을 밀치고 들어가 허둥댔다. 몽둥이가 될 만한 것은 내가 다 버렸었다. 발발 떨고 있던 가영이가 현관으로 가서 살짝 문을 열었다.

"오빠, 빨리."

나는 가영이 손을 잡고 계단을 뛰어 올라갔다. 집 주위만 벗어나면 된다. 전에도 그랬다. 아빠는 쫓아오지 않았다. 처음 가영이와 집을 나왔던 날은 모든 사람이 다 아빠 같았다. 금방이라도 찾았다, 하며 나타날 것 같았다. 하지만 아빠는 나타나지 않았다. 아빠는 비겁한 술래였고 집에서만 대장이었다.

동네를 돌아다니다 큰길에 있는 마트로 갔다. 마트는 조금 컸고, 초코볼 같은 것을 주머니에 넣고 나와도 들키지 않았다. 배가 고팠다. 꿈숲 웨딩홀 앞을 서성이다 와서, 더 배가 고팠다.

나는 혼자 마트로 들어갔다. 과자가 있는 자리를 왔다 갔다 하다가 얼른 작은 초코볼을 주머니에 넣었다. 주인은 계산대에서 텔레비전을 보고 있었다. 이제 찾는 게 없는 것처럼 자연스럽게 나가면 된다. 계산대 앞을 지나가다가 나는 발을 멈췄다.

- 가정 폭력. 끊을 수 없는 고리의 대물림 속에서 살아가는 가정을 들여다……

내 귀로 들어오는 소리에 이끌려 텔레비전을 보았다. 정장을 차려입은 남자가 무슨 말인가를 계속했지만 내 귀에는 끊을 수 없는 고리라는 말이 자꾸 되풀이되어 들렸다. 화면이 바뀌었다. 나는 퍼뜩 정신을 차리고 마트를 나오려 했다.

"얘, 잠깐."

계산대에 있던 주인이 나를 불렀다. 멈춰 서서 천천히 돌아보았다.

"그 주머니에 뭐지?"

내 오른손은 주머니에 있었고, 초코볼 봉지가 삐져나와 있었다. 나는 냅다 뛰쳐나갔다.

"야, 거기 서!"

마트를 나와서 잽싸게 도망가다가 나는 우뚝 멈춰 섰다. 가영이가 마트 앞에 있었다. 나는 주인의 손에 뒷덜미를 잡힌 채 가영이와 함께 지구대로 넘겨졌다.

다음 날 오후 늦게야 지구대로 아빠가 왔다. 아빠는 깔끔한 옷차림을 하고 왔지만, 눈은 뿌옇고 빨간 거미줄이 있었다.

"제가 밤새워 작업을 하다 보니 아이들을 못 챙겼습니다. 애들 엄마는 친정에 갔거든요."

아빠는 굽실거렸다.

"보호자가 없다고……. 아이들이 입이 무겁네요."

김 순경이 뭔가 석연치 않은 표정으로 아빠와 나를 번갈아 보며 말했다. 그때 처음 지구대를 갔었고, 처음 김 순경을 만났다.

아빠가 나를 보았다. 나도 아빠를 보았다. 뿌연 막에 가로막혀 아빠와 나의 눈은 서로 만날 수 없었다. 아빠가 흐흐흐, 웃었다.

지구대에서 나온 아빠는 우리 먼저 집으로 가라고 했다. 파티 준비를 해 오겠다고 했다. 아빠가 어디론가 가고, 김 순경이 다가 왔다. 무슨 일 있으면 꼭 지구대로 와서 말하라고.

현관문을 열자 어둠이 우리를 맞았다. 신발을 벗고 너무나 익 숙한 어둠 속으로 들어갔다. 가영이는 방에 들어가자마자 쓰러 지듯 누웠다. 벽에 있는 스위치로 손을 뻗었다. 스위치를 눌렀고 불이 켜졌다. 어둠이 사라졌다. 스위치를 다시 눌렀다. 순식간에 어두워졌다. 스위치를 또 눌렀다. 방이 다시 밝아졌고 동그랗게 몸을 말고 누워 있는 가영이가 보였다. 또 스위치를 눌렀다. 깜깜 한 어둠 속으로 '끊을 수 없는 고리에 갇힌⋯⋯.' 이란 말들이 떠 돌아다녔다.

'끊을 수 없는 고리, 끊을 수 없는, 끊을 수 없는⋯⋯. 끊어야 하는.'

"꼭꼭 숨어라. 머리카락 보일라. 꼭꼭 숨어라. 옷자락이 보일 라."

아빠가 계단을 내려오고 있었다. 어둠 속으로 아빠가 오고 있 었다.

"안 돼!"

나는 소리를 지르며 스위치를 눌렀다. 방은 금세 밝아졌다. 가영이를 흔들었다. 가영이는 금방 깨지 못했다. 허겁지겁 가방을 뒤져 손에 잡히는 대로 종이와 연필을 꺼냈다.

'도와주세요.'

얼마나 연필에 힘을 주었는지 연필심이 뚝 부러졌다. 종이를 접고 또 가영을 흔들었다.

"가영야, 제발 일어나!"

가영이 게슴츠레 눈을 떴다. 나는 가영이를 안고 창문으로 갔다.

"가영야, 이 종이. 아까 그 지구대 있지……."

쿵쿵쿵. 아빠가 현관문을 두드렸다.

작은 방의 창문을 열고 가영이를 들어 올렸다. 이 밤에 가영이를 혼자 나가게 하다니, 손이 멈칫했다.

"얘들아, 우리 파티해야지."

아빠가 나를 불렀다. 나는 있는 힘껏 가영의 엉덩이를 밀어 올려 창문 밖으로 가영이를 내보냈다. 가영이는 눈치가 빨랐다. 언제 도망가야 하는지 늘 아빠 눈치를 보았었으니까.

"아까, 그 지구대?"

가영이가 확인했고, 나는 고개를 끄덕였다.

"어? 숨어 있어야지. 에이, 재미없게."

현관문을 열자, 혀 꼬부라진 아빠의 목소리가 내 몸을 훑었다.

"보호자가 없어? 술만 먹는 아빠는 아빠도 아니다 그거지? 돈

못 버는 아빠는 보호자도 아니다 이거지?"

아빠는 두 손 가득 무겁게 들고 온 봉투를 부엌 바닥에 던졌다. 술병이 깨지는 소리가 요란하게 울렸다. 술 냄새가 진동했다. 아빠는 천천히 안방으로 가서 음악을 틀었다. 세게, 좀 더 세게, 좀 더 세게. 그리고 불을 껐다.

"금방 끝날 거야. 금방. 아빠가 어릴 때도 그랬어. 금방 끝나더라고."

아빠는 나를 둘러싼 것들을 부수기 시작했다. 그리고 나를, 부수기 시작했다. 얼마만큼의 시간이 지난 걸까. 내가 죽기 직전의 시간만큼? 아빠는 숨을 학학거리다가 잠이 들었다.

나는 현관으로 기어갔다. 머리에서부터 흘러나오는 것이 팔을 지나 손을 휘감았다. 겨우 손잡이를 잡았지만, 끈적거려 손잡이가 돌아가지 않았다. 두 손으로 손잡이를 잡고 일어서려 했지만 몸은 바닥으로 빨려 들어가고 있었다. 십삼 년 동안 나를 가두었던 어둠이 달려들어 나를 할퀴었다. 다시 한번 현관문 손잡이를 돌렸다. 손잡이가 돌아가고 현관문이 텅 열렸다. 손을 뻗었다. 계단이 잡혔다. 몸이 바닥으로 꺼지기 전에 나는 올라가야 한다. 이 어둠의 고리를 끊어야 한다.

그날 그때, 나는 아빠를 쓰러뜨리고 싶었다. 하지만 그 힘이 나에겐 없었다. 나 대신 다른 힘센 사람들이 아빠를 쓰러뜨려 주

길 바랐다. 하지만 아무도 나와 가영이의 눈물과 고통에 관심 없
다는 걸 알았다. 아빠는 가영이와 나의 보호자였기 때문에 어떤
힘도 아빠를 벌주지 못했다. 보호자가 없어졌을 때, 어린 두 아이
의 그다음을 그들은 걱정하고 있었다. 처음엔 정말 걱정하는 줄
알았다. 아니었다. 그들은 귀찮은 거였다. 그 이후로 나는 울지
않았다. 나의 고통도 내가 모른 척했다. 시간이 어서어서 흐르기
만 바랐다. 시간이 흐르면 달라지지 않을까, 라는 희망은 매일 무
너졌고 지금의 내가 되었다.

어쨌든 지금은 내가 술래가 되었다. 5병동에 있는 장중진을
찾았다.

이름표를 떼어 쓰레기통에 버렸다.

08
말 걸기

햅번 아줌마가 콧줄 테이프를 갈기 위해 12호실로 들어가고, 나는 조금 망설이다 따라 들어갔다.

"학생, 친구라고요?"

간병인이 해진이와 나를 연이어 가리키며 물었다. 고개를 끄덕였다.

"진짜?"

테이프를 자르던 햅번 아줌마가 커다란 눈으로 나를 보았다. 아줌마에게 미처 말할 시간이 없었다.

"서진이 엄마가 학생 오면 잘해주라고 하더라고. 여기 주스라도 한 병 마시고 가요."

"아, 아니에요."

해진이를 힐긋 보며, 손을 내저었다. 해진이는 눈꺼풀을 반쯤 뜨고 있었다. 침대 발치에 있는 탁자 위 사진을 보는 것 같기도 했다. 해진이의 언니는 잘 모르지만, 진우는 가영이와 동갑이다.

진우는 어떻게 지내고 있을까. 진우를 귀찮아하면서도 귀여워하던 해진이 모습이 얼핏 떠올랐다.

"가끔 와서 말벗도 해주고 그래요, 내가 간병을 많이 해봤는데, 자꾸 말 걸어주는 게 좋더라고. 그런데 뭐, 여기는 가족들이 다 미국에 있고, 엄마는 절로, 교회로 기도하러 다니기 바쁘더라고. 참, 이번에는 무슨……."

간병인이 목소리를 더 낮추며 말했다.

"굿을 한다고, 서진이 입던 환자복을 감춰 놨다가 달라고 하더라고."

햅번 아줌마가 두 손으로 입을 가리며 놀라워했다. 나도 놀라서 순간 해진이 얼굴을 보았다. 눈을 뜨고 있던 해진이 눈을 감았다. 어릴 때 해진이 같았으면 가만있지 않았을 것이다. 나는 손가락을 입에 대며 간병인과 햅번 아줌마를 조용히 시켰다. 햅번 아줌마가 콧줄 테이프를 정성껏 갈아주고는 어깨를 으쓱했다. 자신이 한 일을 뿌듯해하는 것 같았다.

"걸그룹 준비했었대. 알고 있었니?"

간호사들의 인계 시간에 햅번 아줌마가 속삭였다. 나는 고개를 끄덕였다.

"몇 번이나 데뷔 기회가 있었는데, 잘 안 됐나 봐."

그랬었구나. 해진이 낙담하는 모습이 그려졌다. 물론 초등학교 때 모습으로.

"그래서 자살하려고……."

"네?"

놀라서 나도 모르게 소리를 질렀나 보다. 인계하던 샘들이 모두 뒤돌아보았다. 그때 해진이 간병인이 간호사실로 와서 환자복을 달라고 했다.

"어제 갈아입지 않았어요? 토했어요?"

"아니, 예. 입에서 쭈르륵 나오더라고요. 많이 아니고 조금이긴 한데, 냄새가 나서요."

"제가 가져다주고, 갈아입은 건 세탁실에 넣을게요."

햅번 아줌마가 말하며 비품실로 갔다. 목소리가 유난히 커서 샘들이 또 모두 햅번 아줌마를 보았다.

다음 날 아침, 햅번 아줌마가 병실을 돌며 속삭였다.

"해진이 말야, 입있던 환자복을 테울 거래. 유명한 무당이래. 돈도 엄청 많이 내야 된대. 쯧쯧, 자식이 뭔지, 아마 꼭 일어날 거야. 엄마가 포기하지 않으니. 그치?"

내가 해진이와 초등학교 친구라는 걸 알아서인지, 햅번 아줌마는 계속 해진이 얘기를 들려주었다.

햅번 아줌마는 이야기하는 걸 좋아했다. 둘이 물품 정리를 하거나, 소독실을 가거나, 또 다른 심부름을 할 때도 말하지 않으면 답답하다고 했다. 햅번 아줌마가 안 보이면 분명, 어느 병실에서 간병인들과 얘기를 나누고 있었다.

"집에 있으면 혼자 텔레비전 보고, 혼자 청소하고……. 입 벌릴 때는 밥 먹고, 양치질할 때뿐이라니까요."

처음엔 고고한 척하던 아줌마도 이젠 자신의 이야기를 막 할 때도 있었다.

"아니, 그럼 어디 일하러라도 다니지요? 요새 누가 집에 있어요?"

어느 간병인이 답답하다는 듯 말했다.

"아이구, 우리 서방님이랑 아이들이 어디 가서 고생하지 말라고 얼마나 말리는데요. 간호 학원 다니는 것도 몰래 다녔어요. 심심해서. 아줌마들이 막 어디로 들어가길래 뭔가 싶어서 따라 가 봤는데, 학원이더라고요. 호호호."

"잉? 아직도 식구들이 몰라요?"

"뭐, 새벽같이들 나가서 밤늦게 오니, 뭐……."

햅번 아줌마의 목소리에 조금 힘이 떨어졌다.

"고생하지 말라는 게 아니라, 무슨 일 저지를까 봐 그러는 거 아니에요? 출퇴근 모습 보면 보통 아줌마 같지 않던데."

간병인들도 웃고, 햅번 아줌마도 웃었다.

"그렇게 안 꾸미면 사는 맛이 안 나는 걸 어떡해요."

이 병실, 저 병실 다니던 아줌마는 이젠 해진이에게 주로 갔다. 말을 걸어주면 좋다는 간병인의 말에 그 일을 자처했다.

"가훈아, 너도 해진이한테 말 좀 걸어 줘. 네 얘긴 아직 안 했어."

선뜻 그러겠다는 말을 못 했다.

"친구잖아. 한번 친구는 영원한 친구야. 그리고 텔레비전에서 봤는데, 옛날 기억을 얘기해주면 자꾸 생각을 하게 돼서 더 좋대."

햅번 아줌마는 정 샘의 허락까지 받고 12호실을 들락거렸다.

"학쌔앵!"

"네에!"

새로 입원하는 환자가 있어 침대 커버를 끼우다가 놀라서 뛰쳐나갔다. 샘들이 '학생' 하고 부를 때면 깜짝깜짝 놀란다. 부르는 톤에 따라 약간의 감을 잡을 수 있는데, 지금처럼 찢어지는 목소리로 부르는 건 무슨 잘못이 있다는 거다. 잘못은 생각지도 않은 곳에서 튀어나왔다. 학생으로서 해야 할 일을 잘하고 있다고 생각하지만, 늘 뭔가 부족하고 못 했다. 샘들은 작은 일 하나도 누가 처리했는지에 대한 책임이 크다. 주사든 처치든 아주 적은 용량이 큰 문제가 될 수 있는 병원이기에 당연한 일이었다.

"17호실, 박정수 환자 바이털 수치가 오전에도 없는데, 오후에도 안 쟀어요?"

책임 간호사 정 샘이 차트판을 두드리며 말했다.

"아, 그분 자리에 안 계셔서 못 쟀습니다."

"지금도 없어요? 퇴원했나!"

"아, 아닙니다. 가보겠습니다."

급히 카트에 바이틀 체크 도구를 챙겨서 17호실로 갔다. 햅번 아줌마가 뒤따라오며 구시렁거렸다.

"그 할아버지, 맨날 할머니 만나러 가니……. 어휴."

17호실에 박정수 할아버지는 잠들어 있었다.

"피곤할 만도 하지. 아까도 계속 할머니랑 산책했잖아."

벽에 붙은 침대에서, 맞은편 문을 향해 누운 할아버지의 어깨가 숨 쉴 때마다 오르락내리락했다. 마치 계단을 올라가며 내쉬는 숨 같았다. 힘들어 보였고 깊이 잠든 것 같아 깨우지 못했다. 병실을 나와 3호실을 보았다. 17호와 3호실은 복도를 사이에 두고 마주 보고 있었다. 소분 할머니도 자고 있었다. 정수 할아버지와 소분 할머니는 부부라고 했다.

"할머니한테 갔는데."

처음 정수 할아버지가 침대에 없을 때부터 들은 말이었다. 그때는 익숙하지 않은 일을 해야 했기에, 자리에 있는 사람만 체크하기도 바빠 그 말을 흘려들었다. 며칠 지나고 나서야, 자리에 없으면 환자를 찾아야 한다는 걸 알고는 신경이 쓰였다. 3층 재활실에 가서 재활 치료를 받거나, 복도를 돌며 산책하는 거 외에 환자가 병실을 비울 일은 없었다. 혼자 걷는 데 무리가 없는 환자들은 가끔 옥상정원에 가는 게 다였다.

정수 할아버지는 재활실에도 가지 않았다. 오로지 가는 곳은

3호실 소분 할머니 옆이었다. 정수 할아버지에게 제일 중요한 일은 할머니를 휠체어 태워 복도를 산책하는 거였다. 혈압은 반듯하게 누워서 재는 게 좋은데, 침대에 있는 할아버지를 만나기 힘들었다. 소분 할머니의 바이털을 재러 갈 때마다, 할아버지는 보호자처럼 침대 옆에 앉아 있었다. 본인 자리로 돌아가 있으라고 말하지만, 17호실에 가면 또 할아버지는 없었다.

정수 할아버지의 바이털은 또 못 쟀다.

"병원에 데이트하러 오셨나, 퇴원 수속해야겠네."

수간호사의 말에, 정 샘이 모니터에 박정수 환자의 기록을 띄웠다. 할아버지는 할머니를 따라 입원했다고 했다. 원장이 굳이 입원하지 않아도 된다고 했지만, 고혈압이라 집에 혼자 있으면 위험하다며 할아버지 스스로 짐을 싸 들고 왔다고 했다. 그러곤 혼자 못 움직이는 할머니를 만나러 매일 복도를 건너다녔고, 복도를 함께 돌며 산책하고, 할머니의 병실 쪽을 바라보며 잠들었다.

"가훈아, 사랑이란 게 뭘까? 사랑이란 말은 젊었을 때 너무 낭비해 버려서 늙으면 쓸 수 없는 말인 줄 알았거든. 그런데 저 두 분을 보니, 사랑은 낭비되거나, 늙는 게 아닌 것 같아."

햅번 아줌마가 촉촉한 눈으로 말했다. 오후에 자동문 앞에서 할아버지가 손짓을 했다. 다가가니 휴대폰을 건넸다. 자신들의 사진을 찍어 달라는 거였다.

"웃어, 웃어."

할머니를 태운 휠체어 뒤에 구부정하게 서서, 할아버지는 계속 할머니에게 주문을 했다. 소분 할머니도 기분이 좋았는지, 천천히 웃었다. 할머니의 두 손엔 납작하고 손보다 훨씬 큰 장갑이 끼워져 있었다. 할머니가 갑자기 옷을 잡아 뜯거나, 몸을 긁어서 장갑을 끼워 두었다. 할아버지는 웃으라고 주문하다가 할머니 손에 있는 장갑을 풀었다.

"이런 거 안 하면 얼마나 좋아."

할머니는 엷게 미소를 지을 뿐, 아무 말도 행동도 하지 않았다. 몇 장의 사진을 찍고 휴대폰을 다시 할아버지에게 주었다.

"그런데 나는 매일 오면 안 되나?"

"네?"

"아니, 나를 다 알잖어. 나는 매일 할매 보러 오면 안 되나. 한 이틀 있다 퇴원하라는데……."

의사로부터 퇴원하라는 말을 들은 것 같았다. 할아버지는 자신의 몸 상태보다 면회 금지를 걱정하고 있었다. 매일 보던 할머니를 퇴원하면 만날 수 없으니까. 의사도 아니고 간호사도 아닌 내게, 할아버지는 계속 물었다.

"나 알잖아. 나는 와도 되잖아. 다른 데 안 돌아다니고 집에만 있다 올 건데."

할아버지는 그렇게 걱정하는데 할머니는 아무 말이 없다. 얼굴빛이 하얘서 웃지 않아도 표정이 어둡지 않았다. 두 사람의 나이는 80대 후반이다. 80여 년의 삶의 무게가 두 사람의 얼굴에선 찾아볼 수가 없었다. 할아버지는 할머니만 생각했다. 할머니는 편안한 낯빛으로 그냥 있을 뿐이다.

"소분 할머니, 원래 말 못 해요?"

할머니의 말을 들은 기억이 없어 햅번 아줌마에게 물었다.

"아니, 뇌출혈이 있었대. 지금은 치매도 있고. 아마, 할아버지가 누군지도 오락가락할 거야."

자신을 기억하지 못할 수도 있는 할머니에게 하루에 몇 번씩 말 걸고, 걱정하고, 같이 있고 싶어 하는 정수 할아버지가 이상하게 보였다. 부부라는 사이는 원래 어떤 사이인 건지 헷갈렸다. 때려서 복종시키지 않고 다정스러운 눈으로 바라보는 부부도 정말 있는 모양이었다.

집과 학교, 아르바이트 가게가 내가 다니는 공간 전부였다. 아르바이트 가게는 학교 외 많은 사람을 만날 수 있는 장소였다. 학교에서 선후배 사이의 문제가 생길 때, 세상엔 선후배 사이가 제일 힘든 관계인 줄 알았었다. 그런데 가게에서 말도 안 되는 진상 손님들을 만나면서 세상엔 참 다양한 사람들이 산다는 걸 느꼈었다.

요양병원은 다양한 사람들이, 다양한 삶을 살다가 다시 하나의 모습으로 모이는 곳 같았다.

"할아버지, 오늘 왜 이렇게 빨리 나와 계세요?"

아침부터 정수 할아버지가 자동문 앞 의자에 앉아 있었다.

"오늘 퇴원이잖아. 그래서 아침 먹자마자 할머니 운동시켰지."

"아, 네."

그새 퇴원 날짜가 된 것이다.

"근데, 나 매일 오면 안 되나……."

목소리에 근심이 가득했다. 의사에게 물어보라고 말을 했었는데, 답을 못 들은 모양이었다. 환자들은 의사에게 못 들은 말은 간호사에게 묻고, 간호사에게 못 들은 말은 주위 사람들에게 넋두리하듯 말한다. 안타깝지만 내가 할 수 있는 건 없었다.

소분 할머니 침대 옆에 평상복으로 갈아입은 정수 할아버지가 구부정하게 서 있었다. 할아버지는 소분 할머니의 어깨와 팔과 손을 쓰다듬고, 이불을 올려 덮어주었다. 그리고 할머니의 뺨에 할아버지의 뺨을 대었다.

"나, 갔다 올게. 알았지?"

할아버지가 말을 해도, 얼굴을 만져도 할머니는 말이 없고 어떤 행동도 하지 않았다. 그냥 바라보기만 할 뿐이었다. 지팡이를 짚은 할아버지가 병실을 나갔다. 환자복을 입었을 때보다 할아버지의 어깨는 더 굽어 보였다. 17호실 앞에 할아버지의 작은 배낭이 있었다. 지팡이를 짚은 채로 그 배낭을 메려고 했다.

"할아버지, 제가 들고 갈게요. 1층까지."

"그려? 참, 나 허락받았어. 매일은 안 되고 삼 일에 한 번만 오라누만."

"잘됐네요."

"그럼, 집에만 있다가 절대 감기도 안 걸리고 그러고 올 거야."

엘리베이터에 타서도 할아버지는 기분이 좋아 보였다.

"누가 모시러 오세요?"

배낭이 생각보다 무거워 물었다.

"오긴 누가 와. 할매랑 나 둘 뿐인데."

입원할 때 입었던 옷인지, 점퍼가 구겨져 있었다.

"이리 주어."

한 손엔 지팡이를 짚고, 한 손엔 배낭을 잡아 어깨로 끌어올렸다. 출입구 문이 열렸다.

"고마우이."

할아버지가 병원을 나갔다.

콧등이 시큰해지고 입술이 떨려왔다. 이런 감정이 싫다. 입술을 깨물고 엘리베이터를 탔다.

엘리베이터 창으로 천천히 걸어가는 정수 할아버지의 굽은 등이 점점 작게 보였다.

엘리베이터를 타고 오르내릴 때마다 보는 소양동. 그곳으로 가는 길고 높은 계단. 그 계단을 올라가 닿는 어느 집. 늘 벗어나고 싶지만 벗어날 수 없는 곳. 그곳에서 당신은 아내를 사랑하고 아내는 당신을 사랑했던 날들이 있었을까. 아이를 낳고 가족이란 울타리 속에서 행복했던 적이 있었을까. 그러다 늙은 당신과 늙은 아내의 모습을 그려 본 적이 있었을까. 다정하게 늙은 아내의 뺨에 당신의 뺨을 대는 그런 순간을 그려 본 적이 있었을까. 없겠지.

단 한 번이라도 그런 적이 있다면 당신 손으로 그 모든 걸 부수진 않았겠. 엘리베이터에서 내려, 5층으로 갔다. 5층엔 스스로 걸어 다니는 환자들이 있어, 자동문이 열려 있을 때가 많았다. 망설이다 5병동으로 들어갔다.

간호사실에서 어느 샘이 힐끔 나를 보고는 시선을 거뒀다. 내가 학생인 걸 알고, 소독실에 간다고 생각한 것 같았다. 천천히 복도를 걸어, 복도 끝을 돌아 장중진이 있는 병실로 갔다.

장중진이 여기 있다는 걸 알았지만 올 수가 없었다. 마치 어릴 때처럼 내가 숨어 있고 장중진이 나를 찾고 있다는 착각이 들었다.

'내가 술래야. 내가 당신을 찾고 있는 거야. 내가 당신을.'

마음을 다잡으며 장중진이 있는 병실 앞을 지나갔다. 병실 쪽으로 고개를 돌릴 수가 없어 안에 장중진이 있는지, 잠들었는지, 나를 보고 있는지 알 수 없었다. 간호사실 앞에서 몸을 돌려 다시 그 병실 앞을 지나가며 고개를 돌렸다. 장중진의 침대가 비어 있었다. 잠깐 서서 침대를 자세히 보았다.

'어디로 간 걸까. 설마 퇴원은 아니겠지.'

복도를 돌아 나와 자동문으로 갔다. 엘리베이터에서 간이침대가 나와 자동문 앞에 섰다. 간이침대는 본 병원으로 진료를 갈 때 환자 이동용으로 쓰는 침대다. 간병인이 간이침대를 뒤에서 밀며 자동문으로 들어왔다. 환자는 고개를 옆으로 꺾어 눈을 게슴츠레 뜨고 있었다. 장중진이다. 나는 그대로 얼어붙었다. 간이침대가 내 옆을 지나갔다.

"자, 잠깐."

장중진이 힘없이 말하며 침대를 두드렸다. 나는 얼른 자동문을 나와 계단을 올라갔다.

"와요?"

간병인의 목소리였다.

"저, 저기……. 나타났……."

"예? 나타나요? 누가요? 누가 그리 아저씨를 찾아요? 가위눌려서 잠도 못 자고……. 며칠 새 와이라요?"

간병인은 당최 이해를 못 하겠다는 듯 질문이 많았다. 장중진의 말은 들리지 않았다. 축 처진 몸에 말도 제대로 못 하고 걷지도 못 하는 것 같았다.

'가위눌려서 잠을 못 잔다고?'

이제 내가 뭘 해야 할지 알 것 같았다.

'그래, 숨바꼭질 좀 해봐요. 두 눈을 똑바로 뜨고 서로를 마주

볼 그 순간까지 숨바꼭질 좀 해보자고요. 한 발자국 두 발자국, 당신 침대 가까이 가 줄게요. 기다려요.'

"학생은 다음 주부터 3층 중환자실에서 실습하세요."

4시에 퇴근하려는데 수간호사가 말했다. 수간호사는 행정 쪽의 일을 많이 하는 것 같았다. 실습생 관리도 수간호사 담당이었다.

"아, 네……."

벌써 2주가 지나간다.

"학생은 병동 이동 신청 안 했네요."

이번에는 햅번 아줌마를 보며 말했다.

"네, 저는 그냥 7층에서만 하고 싶어요. 또 새로운 샘들한테 시달리기 싫어서요."

햅번 아줌마가 눈치를 보았다. 수간호사가 피식 웃었다.

"저, 죄송한데 5층에서 실습하면 안 될까요?"

수간호사가 말없이 나를 보았다. 햅번 아줌마도 눈을 깜빡이며 나를 보았다.

"왜?"

"아니, 그냥……."

수간호사에게 말할 마땅한 이유가 생각나지 않았다.

"이미, 다 실습 표가 짜였어요. 3층 실습생 한 명이 5층으로 가고, 학생이 3층 가는 거예요. 간호사실이 너무 복잡해서 한 명씩 돌기로 했어요. 2주마다.”

“네, 알겠습니다. 그럼, 3병동 다음 5병동으로 가겠습니다.”

“왜, 5병동에 아는 사람이라도 있어요?”

수간호사가 무심하게 물었다.

“아, 아닙니다.”

수간호사를 똑바로 보지 못하고 고개를 저었다.

“나는 가훈이 없이 혼자 어떻게 하지?”

햅번 아줌마가 눈썹을 잔뜩 찌푸리며 아이처럼 또 입을 비죽였다. 일이 바쁘고 샘들한테서 지적을 많이 받아서인지, 입을 비죽거리며 말하는 건 많이 고쳐졌었다.

“혼자가 더 좋아요. 둘 다, 앞으로 주사나 처치에 대해서 더 배우세요.”

3병동 중환자실. 가끔 심부름을 가서 복도를 지나가다 보면, 거의 모든 환자가 의식 없이 누워 있는 것 같았다.

3병동에서 실습하더라도 5층 소독실은 갈 수 있다. 하지만 복도를 지나가는 거 외에 할 수 있는 건 없다. 복도를 지나가는 것도, 자주 다니면 5층 샘들이 이상하게 볼 수 있다. 2주 후를 기다릴 수밖에 없었다. 낙상으로 걷지 못하는 것 같으니, 퇴원은 못할 것이다.

금요일 4시. 가운 주머니에 있던 작은 수첩과 볼펜, 수정 테이프, 작은 가위 등을 봉투에 담았다. 가운도 벗어 담았다. 월요일부터 3층 실습이라 내 물건은 다 챙겨가야 한다. 봉투를 들고 나와 샘들에게 인사했다. 김 샘은 오늘 나이트 근무였다. 병동이 바뀐다고 못 보는 건 아닌데 조금 아쉬웠다. 무뚝뚝하고 신경질적으로 말하는 김 샘. 자신이 조무사로 처음 들어왔던 40대에 눈물, 콧물 다 쏟으며 배웠다며, 하나라도 더 가르쳐 주려 했다. 물론 독설이 반이었지만. 햅번 아줌마는 김 샘이 시어머니한테 당한 거 같는 며느리 같다고 했다. 2주라는 시간 동안 병실에 있는 환자들과도 낯이 익었다. 12호실을 보았다. 월요일부터 3층에서 실습하게 된다면 7층에 올 일은 거의 없을 것이다. 12호실로 들어갈 일은 아예 없다.

신발을 갈아 신고도 한참 서 있었다. 보다 못한 햅번 아줌마가 나를 잡아당겼다. 인사라도 하고 가라고. 내가 엉거주춤 12호실로 들어갔고, 햅번 아줌마가 간병인을 데리고 나갔다.

해진이 눈을 감고 있지만, 해진의 얼굴을 보고 있기가 이상했다. 창 너머로 시선을 옮겼다. 초록의 나뭇잎들이 팔랑거렸다. 망설이다 입을 뗐다.

"야, 성해진. 참 어색하다……. 사실, 내가 네 이름을 이렇게 불러 본 적이 있나 싶다."

해진이 이름을 부른 기억이 없는 것 같았다. 응, 어, 왜? 라고 답만 했던 것 같다. 하지만 오늘은 이름을 불러야 할 것 같았다.

네가 성해진이라고, 가르쳐줘야 할 것만 같았다.

"야, 성해진. 나, 가훈이야. 기억 못 하겠지? 그렇게 친하지 않았으니까. 그래도 한 번 떠올려줘. 6학년 때, 내가 네 동생 때렸다고 나한테 막 따졌었잖아. 그 가훈이야. 어쩌다 보니, 우리 여기서 만났네. 뭐, 지금 네가 날 보는 게 편치 않겠지만 햅번 아줌마가, 이민숙 학생 말이야. 한 번 친구는 영원한 친구라고 하더라. 아줌마는 어릴 적 얘기해 주라고 했지만, 난 그 시간들을 돌아보기가 싫어서……. 나, 다음 주부터 3층 중환자실로 가. 음……. 넌 꼭 일어날 거야."

두서없는 혼잣말이 병실에 울렸다. 해진이가 가만히 내 말을 듣고 있는 것 같기도 했다. 그러길 정말 바랐다.

09
술래의 시간

3병동은 7병동과는 조금 달랐다. 자동문을 들어가면 바로 앞은 재활치료실이고, 왼쪽으로 들어가면 중환자실이다. 한 층을 반씩 나눠 쓰고 있었다. 1호실이 간호사실에서 제일 먼 곳이었고, 복도를 사이에 두고 병실이 마주 보고 있었다. 간호사실도 뭔가 복잡하고 바빠 보였다. 제일 많이 다른 건 모든 환자들이 스스로 걸어 다닐 수 없다는 것이다. 그리고 조용했다. 어느 순간엔 너무 시끄러웠다. 한두 명의 환자가 높고 반복적인 소리를 냈다. 워낙 조용하니 더 시끄럽게 들렸다. 간호사실 바로 옆 7호실에선 계속 누군가를 찾는 할머니 환자가 있었다. 이모, 삼촌, 아저씨, 선생님, 사장님, 언니, 오빠 등을 소리 높여 불렀다. 샘들도 간병인도 그 환자가 부르는 사람이 아니었기에 아무도 대답하지 않았다. 그런데 할머니 환자가 부르는 이름 속엔 딸이라든가 아들이란 말이 없었다. 딸과 아들은 없었던 것일까. 또 누군가를 딱히 가리키는 이름도 없었다. 평생 만나면서 기쁘고 슬펐던 그 이름들은 어디로 사라진 걸까. 어쩌면 자신의 이름도 모를 거란 생각이 들었다.

"밥 줘, 밥!"

오늘도 어김없이 5호실 황정애 할머니는 밥을 찾는다. 정말 밥 한 끼 못 먹는 사람처럼 팔다리가 앙상했다. 하지만 할머니는 매끼 식사를 하고 있다. 소화력이 없어 죽을 몇 숟가락 떠먹는 게 다였지만. 허기가 채워지지 않아서일까. 누가 옆에 가면 밥을 달라고 더 보챘다.

"엄마, 밥 줘. 엄마."

"언니, 아니 오빠 밥 줘, 밥."

일일이 답을 하다 보면 바이털 체크가 늦어진다. 못 들은 척하고 앙상한 팔에 혈압계를 감지만 너무 말라서인지 혈압이 잡히지 않았다. 혈압계를 풀어 송아리에 감았다. 동맥이 시나가는 발목 위쪽으로 혈압계를 맞춰 감았다. 겨우 혈압이 잡혔다.

"저, 문 좀 열어줘. 문."

할머니가 밥을 찾으며 시끄럽게 해서, 침대 커튼으로 막고 있었다.

"밖을 보게. 밖."

정말 갑갑하게 느껴졌다. 하지만 간병인이나 간호사들의 처치를 마음대로 바꿀 수 없었다. 슬쩍 간병인의 눈치를 보았다. 간병인은 간이침대에 앉아서 휴대폰을 보고 있다. 밥을 제대로 못 먹어도 수액으로 영양공급이 되고 있기에, 아무리 밥 달라고 외쳐도 누구도 신경 쓰지 않았다. 병실이 시끄러운 게 더 문제여서 커튼으로 가리고 있을 때가 많았다.

"좀 갑갑하네요."

간병인이 들으라는 듯 말하며 커튼을 걷었다. 그러곤 1분 동안 호흡수를 셌다.

"아저씨, 나 배고파."

할머니가 정확히 나를 보며 말했다. 안타까워 말을 걸었다.

"배고프세요? 뭐가 제일 먹고 싶으세요?"

"밥, 밥 먹고 싶어. 아저씨."

깡마른 몸에 눈이 맑다. 아무것도 해줄 수 없지만, 사람과 말을 하고 있구나 느끼게 하고 싶었다.

"밥이요? 그럼 반찬은요?"

"김치."

너무 멀쩡하게 물음에 답을 하는 할머니 환자를 보니 울컥했다. 그렇게 먹고 싶은 게 밥이고, 김치라니. 그 밥과 김치도 마음대로 못 먹고 욕창에 등이 썩도록 누워 있다. 치매에 걸려 누가 누군지도 모르고, 창피함도 모르고 밥 달라고 온종일 외친다. 중환자실은 삶과 죽음의 마지막 격전지 같았다. 승패는 뻔하다. 그 승패를 조금 더 늦출 뿐이었다.

"좀 있다 가져다드릴게요."

거짓말을 했다. 어차피 기억도 못 하니, 이 순간만이라도 밥을 먹는다는 기대감을 갖게 하고 싶었다.

"고마워, 아저씨. 고마워."

"아, 아니에요."

괜히 미안해졌다. 혈당 측정까지 천천히 하고 커튼을 다시 쳤다.

"사람 살려어! 나 퇴원시켜 달라고. 나, 이 병원 나가야 돼! 너희들이 뭔데 날 가두는 거야."

갑작스러운 고함소리에 수액 상자를 정리하다가 놀라서 복도로 나갔다. 간병인들도 복도로 나와 웅성거렸다. 맨 끝 1호실에 수간호사의 뒷모습이 보였다. 1호실엔 저렇게 소리 지를 환자가 없었다. 아니, 중환자실 전 병실에 의식을 갖고 소리를 지를 환자는 없었다. 전동하는(병실 이동) 환자가 있다고 했는데 그 환자 같았다. 원장이 3병동으로 들어왔다. 간호사실을 지나 빠른 걸음으로 1호실로 갔다. 원장이 담당하는 환자인가 보다.

"환자분. 상태가 안 좋아져서 중환자실로 옮긴 거예요. 어제 분명히 설명드렸잖아요. 수쌤, 보호자 연락은 됐어요?"

원장의 목소리가 크고 높았다. 저렇게 큰 목소리를 들어본 적이 없었다.

"아직 연락 안 됐다고 인계받았습니다. 잠시 후에 다시 해보겠습니다."

"아직도? 전화번호는 맞는 거예요?"

"네, 처음 교통사고 났을 때, 환자가 119에 중얼거린 번호예요. 의식이 돌아온 후론 보호자 없다고 우긴다고 적혀 있습니다."

다시 수액 상자를 정리했다. 중환자실 환자들이 맞는 수액은 종류와 용량이 다양했다. 수액 상자에 적힌 이름과 용량에 따라 분류해서 서랍에 정리해야 했다. 수액의 이름은 수첩에 적은 걸 확인하거나 색깔로 구별하며 정리했다.

한 번 보면 모르냐고, 제일 머리 좋을 때 아니냐고, 몇 번이나 수첩을 보며 확인하는 나에게 홍 샘은 핀잔을 주었다.

수액의 이름이 어려운 것도 있지만, 병원 일에 집중을 못 하고 있었다. 하나의 생각만으로 이 요양병원에 왔기에, 다른 것들은 눈으로 보고 귀로 듣지만 어디론가 사라져 버렸다. 그 하나의 생각은 가슴에 불을 일으키다가도, 스스로 용납할 수 없어 다리가 풀리곤 했다. 지금은 생각이 자꾸 5층, 그 병실로 갔다.

"살려 줘! 당신이 나, 차로 들이받았지! 안 그랬으면 내가 왜 여기 들어오냐고."

"내가 왜 환자분을 들이받습니까!"

원장이 기어이 소리를 질렀다.

신경 쓸 겨를이 없다. 혼자 3층에서 실습하기 때문에 할 일이 많았다. 알코올 솜을 만드는 날이다. 알코올 솜통을 냉장고에서 꺼내고, 싱크대 위 칸에서 마른 솜을 꺼냈다. 마른 솜을 통에 가득 담고 그 위에 알코올을 부었다. 알코올에 충분히 적신 솜을 차곡차곡 통에 담았다. 솜이기에 생각보다 많이 들어갔다.

주머니에 들어 있는 휴대폰 화면에서 밝은 빛이 나왔다. 무음이라 화면만 밝았다. 주머니 속으로 슬쩍 휴대폰 화면을 보았다. 꿈숲요양병원. 휴대폰 화면에 나온 글자다. 잠시 고민했다. 전화를 받아서 장중진의 상태가 어떤지 물어볼까 싶었다. 하지만 생각만 해도 가슴이 둥둥 뛰어, 버튼을 눌러 꺼버렸다.

"아니, 왜 받지도 않고 꺼버리는 거야."

수간호사가 전화기를 놓으며 중얼거렸다. 다시 수간호사가 전화기를 들고 번호를 눌렀다. 이어 내 주머니 속 휴대폰 화면에 불이 켜졌다. 꿈숲요양병원이란 글자가 또 떴다.

알코올 솜통을 그대로 두고 조용히 간호사실 내에 있는 화장실로 갔다. 문을 잠갔다. 아직도 전화는 오고 있었다. 통화 버튼을 눌렀다.

– 아, 받으셨네요. 여기는 꿈숲요양병원 중환자실인데요. 장중진 씨 보호자 되시죠?

놀라서 전화를 끊어버렸다.

그럼 지금 1호실에서 소리 지르는 환자가 장중진이라고?

화장실을 나왔다. 수간호사가 씩씩거리며 1호실로 갔다. 문 앞에 서 있는 의사에게 뭐라고 얘기했다.

"내가 보호자가 어딨어! 내 보호자는 나야, 나!"

간호사의 말을 들었는지 그 환자가 또 소리를 질렀다. 장중진의 목소리가 맞다. 며칠 전만 해도 힘없이 말하던 사람인데, 상태가 많이 좋아진 것 같았다. 그런데 중환자실로 전동을 온 것이다.

의사와 간호사와 간병인 뒤에 서서 병실 안을 보았다. 문 쪽에 침대가 있는지 장중진의 얼굴이 잘 보이지 않았다. 내 바로 앞에 서 있던 간병인이 자기 병실로 갔다. 의사와 간호사 사이로, 침대에 앉아서 고개를 푹 숙인 환자가 보였다. 환자가 등은 굽은 채 고개를 들었다. 쌍꺼풀진 두 눈으로 앞에 있는 의사를 쏘아보았다. 몸에 힘은 없지만, 기어코 기가 꺾이지 않겠다는 듯 눈을 부릅뜨고 있었다. 그러다 고개를 푹 꺾더니 이상하다는 듯 다시 고개를 들었다. 의사와 간호사 사이로 나와 눈이 마주쳤다. 순간, 나는 간호사 뒤로 비켜섰다.

"가, 가후이?"

"환자분, 처음 우리 병원 올 때보다 상태가 조금 좋아지고 있다가 낙상 사고 있었잖아요. 그런데다 잠도 못 자……. 집중 치료 안 하면 회복이 안 될 수 있어요. 그런데 병원비가 의료보호 1종 혜택보다 더 나올 상황이라서요. 보호자 전화번호 다른 거……."

"가, 가후이 맞지? 내가 잘못 본 게 아니지"

장중진의 목소리가 떨렸다. 몸을 심하게 움직이는지 침대가 흔들리는 소리가 났다.

"어, 또. 환자분. 자꾸 이러시면 팔다리 묶어놓을 수밖에 없어요."

"가, 가후이가 왜 여기에……. 병실마다 쫓아다니고……. 진짜 내 죽일라고?"

환자가 일어서려는지 간호사가 간병인을 불렀다. 간병인이 구시렁거리며 환자 쪽으로 갔다.

"수쌤, 사회복지팀과 의논하고……."

원장이 수간호사에게 얘기하는 동안 장중진의 모습을 보려 슬쩍 움직였다.

"학째앵!"

간호사실에서 홍 샘이 불렀다. 간호사실로 뛰어갔다.

"이게 뭐예요!"

"아, 죄송합니다."

"상처를 소독하는 알코올 솜을 이렇게 함부로 다루다니, 제정신이에요?"

"다시 하겠습니다."

"이론 공부를 못하고 왔다는 핑계도 이젠 통하지 않아요. 벌써 3주 차 아닌가? 그동안 보고 배운 것만이라도 실수 없이 해야지!"

"네, 다시 하겠습니다."

알코올 솜을 만들고, 수액과 주사기를 정리하고, 드레싱 세트를 씻어 소독기에 넣고, 또 점심을 먹는 동안에도 장중진의 눈빛이 계속 따라다녔다. 머리카락은 더 빠져 이마 위까지 훤했고, 양옆으로 새치가 귓바퀴 위쪽에 곱슬머리로 퍼져 있었다. 이마를 덮는 머리카락이 없어서인지, 눈은 더 커 보였다. 큰 눈으로 숨바꼭질하자며 눈에 힘을 주던 그 모습은 달라지지 않았다.

될 수 있으면 밥을 천천히 먹고 싶었다. 아니, 이대로 병원을 나가고 싶기도 했다. 점심을 먹자마자 환자들의 바이털을 또 재야 한다. 중환자실은 오전, 오후 모든 환자를 다 체크해야 한다.

중환자실에서 실습을 시작했을 때, 장중진이 없는 걸 알았기에 조금 마음이 편했다. 하나의 생각만을 가지고 들어왔지만, 그것 또한 희망 사항인지, 희망이란 건 언제나 현실과 동떨어져 있어, 현실을 살다 보면 어디론가 사라져 버린다는 걸 잘 알고 있었다. 그렇게 시간이 흐르면서 희망이 사라지길 바랐던 걸까. 아니다. 2주 후, 5병동에서 장중진을 만날 줄 알았다. 그런데 장중진이 3병동에 나타났다. 갑작스럽고 놀라웠다. 머리가 복잡했다.

"휠체어! 휠체어!"

1호실에서 또 고함소리가 들렸다.

"휠체어는 왜요? 휠체어 안 돼요. 못 내려와!"

중국 교포 간병인의 목소리가 컸다. 간호사가 끙 소리를 내며 일어나 1호실로 갔다.

"휠체어는 뭐 하시려고요. 움직이면 고관절 또 나가서 아예 못 걷습니다."

"확인, 내가 분명히 보았거든. 우리 아들⋯⋯."

아들이란 말에 심장이 쿵 내려앉았다.

"아들은 전화도 안 받습니다. 오지도 않았다고요."

"어디서 날, 치매 취급하는 거야! 내가 봤다고!"

"이 환자분, 재활치료실로 모시고 가세요. 침대에 눕힌 채로 가면 돼요."

간병인이 침대를 끌어 병실을 나왔다.

다행이다. 얼른 카트를 끌고 1호실로 갔다. 1호실에 있는 다른 두 환자의 바이틀을 쟀다. 침대가 빠져나간 자리를 보았다. 사람은 없는데 재활치료실 쪽에서 고함소리는 여전히 들렸다. 자기가 살아있다는 걸 확인시켜 주려는 듯, 쥐어 짜낸 가늘고 긴 쇳소리가 섞인 고함소리.

집에는 없었지만, 나와 가영이에게 늘 있었던 사람. 이제 두어 달이 지나 내 앞에 실체로 나타난 사람. 누가 누구를 끌어당긴 걸까.

금요일 아침, 1호실에서 또 고함소리가 들렸다. 수간호사가 출근하자마자 나이트 번 쌤에게 장중진의 상태를 물었다. 밤새

소리를 질러, 잠자는 약 처방이 있었다고 답했다. 그래서 아까 바이털을 잴 때는 깰 듯 말 듯 하고 있었나 보다. 1호실 간병인이 복도로 나와 양손으로 허리를 짚고 천장을 올려다보며 한숨을 쉬었다.

"와, 나한테 욕을 해! 내가 뭐 누굴 죽인다고! 밤새도록 사람 잠도 못 자게 하고……. 내가 죽겠다. 죽겠어!"

여자 간병인도 나와서 복도 벽에 기대섰다. 밤새 잠을 못 자 피곤한 얼굴이다. 둘은 부부 간병인이었다.

"야, 안 되겠다. 짐 싸라."

둘이 병실 안으로 들어갔다. 1분도 안 돼 각자의 배낭을 어깨에 메고 나왔다. 씩씩거리며 간호사실 앞에서 한마디 했다.

"도저히 못 하요. 우리 여 아이면 갈 데 없나."

모니터를 보던 책임 간호사가 지나가는 간병인들의 뒷모습을 멀뚱히 보았다. 다른 일을 하던 샘들도 서로를 쳐다볼 뿐이었다.

"돌아버리겠네."

수간호사가 간병인을 관리하는 사무실에 전화했다. 어제 1호실에 입원한 암 환자도 시끄러운 소리에 발작을 일으켜 다른 병동으로 옮겼다고 했다.

"저, 다음 주부터 나이트 근무 실습을 하고 싶습니다."

퇴근하기 전 수간호사에게 말했다.

"응? 왜?"

"밤에 일어나는 응급 상황에 대처하는 실습을 하고 싶어서
요."

"굳이 하고 싶다면 뭐, 마음 단단히 먹고 와야 돼. 집에서 밤새
는 거 생각하면 안 돼."

"네."

장중진이 3병동으로 왔는데, 더 이상 미룰 이유가 없었다. 숨
바꼭질을 하기엔 낮보다 밤이 더 스릴 있다. 밤은 들키지 않게
도와주는 시간이 아니다. 밤은 술래의 시간이다. 숨어서 어둠을
두려워했고, 술래를 두려워했었다. 그 공포를 장중진에게 돌려
줘야 한다.

퇴근 시간이 지났는데도 실습복을 갈아입지 않고, 마스크를
쓰고 홍 샘을 따라다녔다.

"퇴근 안 해?"

"주말에 쉬니까, 좀 더 보고 가려고요."

홍 샘은 내가 뭐 하나 못하면 인상을 있는 대로 찌푸리며 혼내
도, 오리처럼 자신을 따라다니는 걸 좋아했다. 1호실로 들어갈
땐, 괜히 다른 일을 하는 것처럼 되돌아 나와 버렸다.

중환자실 환자들은 하루가 달랐다. 몇 달씩 비슷한 상태로 있
는 환자들도 많았지만, 며칠 새 세상을 떠나는 환자도 있었다. 아
니면 다른 병원으로 옮기기도 했다. 그 모든 것들은 의사와 간호
사와 보호자들 사이에서 일어나는 일이다. 물어보고 싶어도 학

생으로서 어디까지 물어봐야 하는지 신경 쓰였다. 환자들 가까이에서 처치를 하는 조무사들에게 단순한 호기심처럼 물어볼 수밖에 없었다.

"장중진 환자는 원장님이 화나서 빨리 퇴원시켜 버리는 거 아니에요?"

1호실을 나오는 홍 샘에게 슬쩍 물었다. 주말에 퇴원한다면 큰일이었다.

"상태가 저런데 퇴원시켰다가 무슨 덤터기 쓰려고."

"상태가 많이 나빠요?"

일부러 다른 병실을 보며 지나가는 말로 물었다. 마치 대화를 이어가기 위해 묻는 듯한 느낌을 주려 했다. 하지만 다른 병실로 향하는 내 목은 고장 난 인형처럼 삐걱거렸다.

"교통사고로 수술했는데, 고관절 염증까지 왔대. 치료하고 움직이지 않으면 나을 텐데 낙상으로 뼈가 탈골된 거지. 알코올성 치매도 있고. 저런 사람 함부로 놔뒀다간 무슨 일 저지를지 모르니까."

"치매요? 다 잊어버린다는……."

홍 샘은 내 말을 못 들었는지 다른 병실로 들어갔다.

'치매.'

잊는다고? 장중진이 소양동을 잊는다고? 나와 가영이를 잊는다고? 장중진이 나와 가영이를 짓밟았던 그 손과 발과 입을 잊는다고?

　아직은 아니다. 아직은 치매가 아니다. 나를 알아보았다.

　당신이 모든 걸 잊기 전, 당신이 고통에 몸부림치는 꼴을 꼭 보고 말리라. 그 후에 나도 나를 잊어버리겠다. 소양동과 이 요양병원과 당신과 나, 모든 걸 잊어버리겠다. 여기에서 당신과 나의 이야기가 막을 내릴 것이다.

⑩
끊어내기

토요일 아침, 장중진의 방을 열었다.

방 두 개에 작은 부엌과 화장실이 있는 집. 작은 방엔 가영이가 잠을 잤고, 나는 부엌에 웅크려 앉았다가 옆으로 쓰러져 잠들곤 했다. 온갖 잡다한 꿈에 시달리다 깨어보면 새벽이거나 아침이었다. 장중진이 요양병원에 있다는 걸 안 후부터 난 깊은 잠을 잤다. 내가 무엇을 위해 요양병원에 갔는지 가끔 잊어버릴 정도로 깊은 잠을 잤다. 그 사람이 아무 때나 집에 올 수 없다는 사실을 확인한 이후의 시간은 십구 년 인생에서 제일 편안한 시간들이었다. 아침마다 요양병원에 들어서는 순간은 재부팅되는 로봇이 되는 것 같았다.

방은 장중진이 도망갔던 그때 그대로였다. 장롱과 텔레비전과 방에 깔린 이불에 고여 있던 장중진의 냄새가 훅 밀려 나왔다. 그 냄새를 뚫고 천천히 방으로 들어갔다. 악령의 기운이 깨어나기라도 할까 봐 조심스러웠다. 텔레비전 밑 서랍장을 열어 사진첩을 꺼냈다. 몇 장 끼워져 있지 않은 사진들, 대부분이 찢어지고 구겨져 있었다. 부부의 결혼사진은 없다. 원래 없었다. 둘이 앉아 찍은 사진과 나와 가영이의 어릴 적에 찍은 사진이다. 사진을 한 장 꺼내고 사진첩을 도로 넣었다. 다시 방문을 잠갔다.

가방에 가영이의 옷을 담고 옷 위에 사진을 놓았다.

"꿈숲에서 찍은 거네? 이 애기가 나야?"

여섯 살쯤의 나와 유모차를 타고 있는 아기인 가영이 사진이다. 꿈숲에 누구랑 간 걸까. 둘만 찍혀 있다.

"근데, 왜 가방에 옷 담아?"

잠시 멈추고 가영이를 보았다.

"가영아, 할머니 집에 가자. 이제 오빠가 밤에도 실습해야 돼서 너 혼자 둘 수 없어."

가영의 얼굴이 시무룩해진다.

"엄마도 없는데……."

"엄마는 없어도 할머니가 있잖아. 엄마는 거기서 학교를 다 다녔대. 너도 엄마처럼 학교도 가고 친구도 사귀고 해야지. 여기보단 훨씬 친구들 사귀기 좋을 거야. 너를 아는 아이들도 없으니까. 너도 예쁜 중학생, 고등학생 돼야지. 오빠는 고등학교도 다니는데, 너는? 맨날 오빠, 오빠 응석이나 부리고."

"그럼 오빠는 안 가?"

"할머니 집은 여기서 멀잖아. 오빠는 고등학교 졸업하고, 조무사 자격증 따서 갈게. 그러면 오빠는 돈 벌고, 너는 학교 다니고. 좋겠지?"

가영이가 뭔가 생각하는 듯하더니 물었다.

"아빠는……. 정말 안 와?"

크게 고개를 끄덕였다. 아빠가 죽었다는 말을 들은 이후, 가영이의 표정은 밝아졌다. 눈동자를 굴리며 밖에서 나는 소리에 귀를 기울이던 모습도 없어졌다. 하지만 또 확인하곤 했다.

"정말 죽었어?"

또 고개를 끄덕였다. 가영이는 고양이를 꼭 안고 얼굴을 파묻었다.

할머니도 몇 번을 확인했다. 가영이가 여기 있는 걸 알면 장중진이 찾아올 거라며. 할머니에게도 장중진이 죽었다고 몇 번을 말했다. 일주일 후엔 사실이 될 일이기에 자신 있게 말했다.

"가영아, 이거."

가영이에게 휴대폰을 내밀었다. 가영이의 얼굴이 밝아졌다.

"휴대폰 있으면 친구들하고 전화도 하고, 톡도 할 수 있지?"

"그래. 학교는 2학기부터 갈 수 있을 거야. 그때 친구 많이 사귀어. 알았지?"

가영이가 할머니를 바라보며 웃는다. 가영이가 웃는다.

"오빠 번호 저장해놨고, 혹시 몰라서 햅번 아줌마 번호도 저장했어. 하지만 오빠한테만 전화해야 해. 햅번 아줌마는 오빠가 오랫동안 연락 안 될 때만 해야 하고."

물끄러미 나를 보는 가영이를 안심시켜야 했다.

"아니, 내 말은 햅번 아줌마는 남이니까 전화 자주 하지 말라고."

가영이 피식 웃는다.

"나도 알아. 고마운 남."

가영이가 이렇게 말을 잘하다니, 깜짝 놀랐다. 아빠가 없다는 사실이 가영이를 살리는 것 같았다.

담비와 휴대폰을 가슴에 안고, 할머니 앞에 서 있는 가영이에게 손을 흔들었다.

일요일 오전에 전화벨이 울렸다. 번호만 저장했을 뿐 한 번도 통화해 본 적 없는 번호였다. 통화를 눌렀다.

"야, 너 오늘은 근무 안 해?"

다짜고짜 묻는 세호 형 목소리다.

"야, 너 있는 줄 알고 왔는데. 병원에는 꼭 아는 사람이 있어야 좋잖아."

"아줌마, 진짜로 왔어?"

"그럼 가짜로 입원하냐?"

병원으로 달려갔다. 아줌마는 7층에 입원해 있었다. 아줌마는 뇌졸중, 그런 게 아니었다. 기운 없이 침대에 기대어 앉아 있었다. 나를 보더니, 희미하게 웃었다. 아줌마를 보고 나서야 마음이 좀 놓였다.

"병원에선 집으로 퇴원하라는데 요양병원으로 온 거야. 며칠 있다 슈퍼 철거할 건데, 평생 바친 가게 어쩌고 하며 또 쓰러질까 봐. 요양 겸 한 2주만 입원시키려고. 네가 잘 봐줘야 해. 난 스포츠 매장 알아봐야 해서 좀 바빠."

세호 형 말하는 폼이 2주 동안은 안 올 것 같다.

"아프지 말아야지. 꼴랑 요양병원 입원하는데 뭐가 이리 복잡하냐. 나 지금 바빠서 가야 하니까, 네가 신경 써 줘."

"알았어."

길게 얘기해봤자 의미 없는 말만 되풀이할 게 뻔했다. 점심시간이 다 되었다. 스테이션으로 가서 한정미 환자 점심 식사를 도와주겠다고 말했다. 김 샘이 엘리베이터 앞에 서 있는 세호를 보며 고개를 절레절레 저었다.

"가훈아."

자동문 밖에서 세호 형이 마구 손짓하며 또다시 불렀다. 밖으로 나갔다.

"야, 참. 나 아까 웃긴 거 봤다."

간호사실을 힐끗 보고는 나를 계단 쪽으로 끌고 갔다.

"아까 어떤 보호자가 저 간호사랑 싸우더라고."

간호사와 보호자 사이에 싸우는 건 가끔 있는 일이었다.

"그 보호자는 환자가 입던 환자복을 가져가겠다고 우기고, 간호사는 절대 안 된다고 우기고. 큭큭."

"환자복?"

"응. 근데 그 아줌마 낯이 익던데……. 하긴 이 동네 산다면 한두 번은 지나치다 봤겠지?"

세호 형이 말하면서 내 표정을 살폈다.

그 보호자가 해진이 엄마 같았지만 별로 말하고 싶지 않았다. 해진이도 원하지 않을 것이다.

"너, 몰랐냐?"

"뭘?"

"아냐."

세호 형은 한 손을 들어 인사하는 체하더니, 발걸음도 가볍게 계단을 내려갔다.

세호 형 엄마, 한정미 환자는 고혈압과 당뇨가 있었다. 스트레스에 몸이 견디지 못해 쓰러진 거였다.

"아줌마, 깜짝 놀랐잖아요. 이만하기 정말 다행이에요. 이참에 좀 편히 쉬세요."

침대 탁자에 점심 식사를 놓고 숟가락과 물을 챙겨 놓았다.

"그래야지. 저 철딱서니 두고 가면, 세상에 민폐지."

아줌마는 온몸이 부어 있었다. 퉁퉁한 손으로 숟가락을 들어 밥을 떴다.

"반찬이나 뭐 드시고 싶은 거 있으면 말해 주세요."

"왜, 해다 주게?"

아줌마의 눈이 웃고 있었다.

"아니요. 세호 형 보고 해오라고 하려고요."

"에구, 않느니 죽지. 사람 만들어놓고 죽어야 하는데……."

"죽긴 왜 죽어요. 복도 걸어 다니면서 운동도 매일 하세요. 고혈압 당뇨엔 걷기가 최고래요."

아줌마가 고개를 끄덕였다.

"저는 3층에서 일해요. 가끔 들를게요."

"난 요양하러 온 거니까, 신경 안 써도 돼."

아줌마가 퉁퉁한 손을 내밀어 내 손을 잡았다.

"가훈아, 열심히 배워서 가영이랑 살아. 마음속 미움들 하나씩 내려놓으면서. 아빠도 삶이 녹록지 않았을 거야……."

아줌마의 말에 창밖으로 눈길을 돌렸다.

"엄마도 그걸 바라지 않겠니……."

아줌마에게 꾸벅 인사하고 병실을 나와 버렸다.

아줌마, 어떤 삶이 가족을 부숴도 되는 변명이 될 수 있어요? 어떤 삶으로도 변명할 수 없는 거 아닌가요? 내려놓을 수 있는 시기는 지난 것 같아요. 너무 늦었어요. 이미 미움과 원망이 핏줄 속을 흘러 다녀요. 그 피가 내가 되고, 또 누군가에게 옮겨질까 봐 무서워요. 그래서 내려놓기가 아니라, 끊어내려고요.

12호실 문을 조심스럽게 열었다. 간병인이 소파에 기대어 있다가 일어났다.

"학생, 웬일로……."

해진이를 보았다. 눈을 감고 편안히 숨을 쉬고 있었다. 간병인이 밖으로 나가자는 시늉을 했다.

"한바탕 난리 피웠어. 환자복 들고 가다가 들켜서."

간병인이 간호사실을 힐끔거리며 말했다.

해진이 엄마는 마지막이라며 천만 원을 들여 굿을 한다고 했다. 그래서 집도 줄여 이사한 거라고. 굿을 할 때, 입었던 환자복을 태워야 해진이가 일어날 수 있다고 했단다.

"나 같아도 환자복 몇 벌이라도 태우지. 근데, 몰래 가져가야되는데, 뭐. 동티 난기지. 아, 아이고……. 입이 방정이다."

간병인은 마치 해진의 이모라도 된 듯 안타까워했다.

문틈으로 본 해진의 얼굴에 햇살이 넘나들었다. 머리맡 위에 큰 텔레비전이 있고, 넓은 창이 있다. 커튼을 치러 들어갔다. 창문 가득, 꿈숲이 보였다. 연초록의 나뭇잎들이 꿈숲에 가득했다. 봄이다.

해진이는 눈을 뜨고 있을 때에도 바깥을 볼 수 없다. 침대 위치를 바꿀 수 없었다.

병원을 나와 꿈숲으로 갔다.

문득 꿈숲 어디선가, 아이들이 뛰어다니는 소리가 들렸다. 해진이와 성재가 서로 잡으러 뛰어다니고, 진우가 또 그 뒤를 따라 달렸다. 나무와 나무 사이로 아이들의 모습이 보였다, 안 보였다 했다.

가영이는 김밥만 먹었다. 벌써 두 줄째다. 나는 꽁지 하나만 집어 먹고 눈치를 보았다. 해진이 엄마와 성재 엄마가 서로 이야기를 나누며, 힐끔힐끔 가영이를 보았다.

'김밥 처음 먹나?' 아마 속으로 그런 생각들을 하고 있겠지.

"천천히 먹어."

가영이 귀에 대고 속삭였다. 가영이 귀에 들릴 리가 없다. 오렌지 주스 병을 따서 가영이 입에 대었다. 가영이는 고개를 저었다. 오로지 김밥만 먹으니, 목에 걸릴까 봐 걱정되었다.

〈우리 동네 가볼 만한 곳 조사하기〉

모둠으로 해도 되고 개별로 해도 된다고 했다. 보통은 모둠으로 숙제하지만, 모둠에 있어도 함께 활동하지 못하는 아이들을 위한 선생님의 배려였다. 여자아이들이 해진이 곁으로 모여들었다. 그런데 해진이는 혼자 하겠다고 했다. 연습실에 가야 해서 함께 시간 맞추기 힘들다며. 하굣길에 교문에서 해진이가 나를 불러 세웠다.

"이번 토요일 12시에 꿈숲으로 와. 참, 내 동생도 가니까 네 동생도 데리고 와. 꼭 와."

그냥 놀자는 줄 알고 갔었는데, 성재와 함께 모둠이라고 했다.

우리 동네 가 볼 만한 곳으로는 꿈숲이 최고라면서. 겸사겸사 가을 소풍도 하고 말이야. 해진이는 싱긋 웃었다. 해진이 엄마는 어이가 없어 해진이를 흘겨보고 성재 엄마와는 고개를 흔들었다.

"모둠 보고서에 내 이름은 빼 줘."

모두의 우상인 해진이와 학급 회장인 성재 옆에 내 이름이 나란히 있다면, 얼마나 웃길까. 모둠 보고서에 내 이름이 빠졌는지는 모른다. 보고서 발표하는 날, 나는 또 결석했으니까.

천천히 꿈숲을 돌다가 병원이 보이는 쪽으로 갔다. 층수를 가늠해보며 해진이 병실을 찾았다. 커튼이 쳐져 있다. 춤추며 노래 부르고, 거침없이 말하고 웃던 해진이. 이 꿈숲으로 해진이를 데리고 나오고 싶었다. 나와 가영이에게 해진이가 손을 내밀어 준 것처럼. 뭐 하나라도 빚을 갚아야 마음이 편할 것 같았다.

⓫
욕창

　월요일 밤, 9시쯤 출근하니 인계 중이었다. 열 시부터 나이트 근무 시작이지만, 두 시간 전부터 인계를 시작한다. 데이나 이브닝 근무도 마찬가지였다. 인계 시간에 학생들은 가만히 서 있거나, 소리 나지 않게 일해야 했다. 환자 한 사람 한 사람마다의 상태와 처방 등 조그만 변화도 인계하는 것 같았다.

　조용히 옷을 갈아입고 나왔다. 장중진에 대한 인계는 벌써 끝났는지 들리지 않았다. 데이와 이브닝 근무 때 하루의 바이털 체크가 끝난다. 그리고 다음 날 새벽에 바이털 체크를 한다. 인계가 끝나길 기다렸다가 의료품이 제대로 다 채워져 있는지 확인했다. 처음 나이트 근무를 하는 거라 긴장이 되었다.

　인계가 끝나고 이브닝 근무 샘들이 퇴근했다. 나이트는 책임간호사와 조무사, 두 명이 근무했다. 늘 그렇듯 각자의 일을 시작했다. 나는 아까부터 1호실로 가 보고 싶은 걸 참았다. 전동과 병원 이동의 가능성이 있었다. 1호실로 가서 벽에 붙은 이름표를 봤다. 장중진과 또 다른 환자 두 명의 이름이 있었다.

간호사실로 돌아왔다. 책임 간호사 유 샘이 통화하고 있었다. 환자에 대한 이야기를 하고 있다. 유 샘과 조무사 최 샘이 이번 주 나이트 근무였다. 최 샘이 수액을 챙겨 13호실로 갔다. 나도 따라갔다. 가운데 침대에 있는 환자의 이불을 걷고 팔을 쓸면서 혈관을 찾았다. 오늘 낮에 전동 온 환자였다. 환자의 얼굴을 보고 순간 놀랐다. 7층에서 식사를 도와주었던 연심 할머니였다. 두 눈은 꾹 감겨 짓물러 있고, 얼굴은 퉁퉁 부어 있었다. 심전도 모니터의 산소 포화도가 정상보다 낮은 수치에서 올라갔다, 내려갔다 했다. 산소포화도는 혈액 속에 녹아 있는 산소의 양을 말한다. 정상 수치는 95에서 100인데, 연심 할머니의 산소포화도는 85에서 90 사이에서 움직였다.

"아이고, 할무이 힘드시지요. 이쪽 팔도 없고, 저쪽 팔도 없고……. 할무이, 다리 함 보입시더."

아무리 경험이 많은 간호사나 조무사라도 장기 입원 환자인데다, 노인 환자의 혈관을 찾는 건 쉬운 일이 아니었다. 피를 잠깐 빼는 것과 달리 수액은 몇 시간 아니면 종일 맞아야 하기 때문에 혈관이 터지는 경우가 많았다. 그래서 두껍고 곧게 뻗은 혈관을 찾지만, 오래된 고통 속 가느다란 숨처럼 혈관도 가늘어지거나 숨어버린다고 했다. 최 샘은 종아리를 쓸어 올리며 또 혈관을 찾았다. 손가락으로 눌러보다가, 알코올 솜으로 닦아 다시 눌러보며 혈관을 겨우 찾으면 다시 알코올 솜으로 닦고, 온 신경을 집중하여 주삿바늘을 꽂는다. 순간 겨우 숨만 쉬는 것 같았던 환자가 움찔한다. 아직 고통을 느낀다. 2주 전만 해도 앉아서 밥을 넘기며 손주의 사진을 보던 연심 할머니. 주삿바늘에 움찔하는 모습에 아직 놓지 못한 생명의 끈을 보는 것 같았다.

침대 밑에 있는 세숫대야 같은 통에 할머니의 소지품 몇 개가 들어 있었다. 종이봉투도 있었다. 종이봉투를 조금 열어보았다. 그때 보았던 비키니가 그대로 들어 있었다.

"할머니의 마지막 꿈이었다지."

링거를 놓고 마무리 테이프를 붙이며 최 샘이 말했다.

"하와이 바다에 가서 비키니 입고 사라지는 거. 그게 이 할머니 꿈이었다는데, 하와이 갈 편도 비행기 값마저 자식들 줘버리고 지금 여기 이러고 있다네."

최 샘이 환자복을 정리하고 이불을 덮어주고 병실을 나갔다.

'꿈'

병실을 돌아보았다. 여섯 명의 환자들이 모두 심전도 모니터를 달고 있었다. 가슴에 전극을 붙여, 심장 박동 수를 숫자로 표시하는 모니터다. 심장 박동 숫자가 깜빡인다. 숫자가 깜빡일 때마다 환자들의 꿈도 뛰는 것 같았다. 그런데 그 꿈들이 이 병실 안에 고여 있다.

밤 열두 시쯤, 유 샘이 탈의실로 들어가며 한 손을 들었다가 툭 놓았다.

"나, 잠시만 쉴게요."

"네."

저녁 여섯 시부터 근무했다고 했다. 최 샘이 대신 모니터 앞에 앉았다.

조용히 시간이 흐르길 기다렸다. 요양병원에서 제일 조용한 시간이고, 그렇다고 긴장을 놓을 수 없는 시간이다. 세상의 밤은 쉽게 잠들지 못하지만, 병원에서의 밤은 몸의 기운이 죽음에 가까이 가는 시간 같았다. 낮에는 임종의 순간을 거의 못 보는데, 하룻밤 지나고 오면 비어 있는 침대들이 있었다. 아직 직접 환자의 임종을 보진 못했다.

새벽 2시. 환자들도 간병인들도 모두 잠이 드는 시간. 이 시간에 샘들은 교대하며 잠깐씩 눈을 붙인다. 유 샘이 탈의실에서 나오고 최 샘이 들어갔다.

복도를 걸었다. 병실 문은 모두 닫혀 있었다. 1호실 문을 밀었다. 문이 소리 없이 열렸다.

여섯 개의 침대 중 세 개는 비어 있다. 장중진은 팔다리가 묶인 채 잠들어 있었다. 다른 두 환자도 잠들어 있고, 새로 온 공동 간병인도 간이침대에서 자고 있었다. 병실 전체 등은 꺼져 있지만 수면등이 켜져 있어 어둡지 않았다.

"아빠."

참 오랜만에 불러본다. 부르고 보니 목에 가시가 걸린 것 같아 목을 긁어버리고 싶었다. 언제부터인가 아빠를 부르지 않았다. 아버지라고도 부르지 않았다. 하지만 아빠로 시작해야 한다. 장중진이 아빠였던 그때부터 시작해야 한다. 장중진의 한쪽 손목에 묶인 끈을 풀었다.

"아빠, 일어나 봐요."

장중진이 눈을 꿈질거린다.

"아빠, 언제까지 여기에 숨어 있으려고 했어요? 숨바꼭질하자고 말도 안 해놓고."

"누구……."

장중진이 침대 옆에 서 있는 형체를 살피느라 눈을 찌푸렸다. 이마에 주름이 지어지고 입도 실룩인다.

"꺼윽, 컥"

눈은 튀어나올 것 같고, 숨이 막힌 듯 겨우 몰아쉬었다.

"쉿. 아빠, 놀랐어요?"

"가훈아, 네가 어떻게……."

"그때 그러고 집을 나가서, 얼마나 아빠를 찾았는지 알아요?"

"와, 와 날 찾아?"

장중진의 목소리가 갈라졌다.

"죽, 여버리려고요."

"으아아악!"

장중진이 한쪽 팔을 허우적거리며 몸을 들썩였다. 다리가 묶여 있어 더 이상 움직이지 못했다. 고관절에 통증이 오는지 온 얼굴을 찌푸리며 소리를 질렀다.

"으, 으아악!"

"아이구, 밤에는 잠 좀 자요."

간병인이 눈도 안 뜨고 벽 쪽으로 돌아누우며 한마디 했다.

"가, 간병인!"

손을 들어 간병인을 찾는 장중진의 손을 잡았다. 그 손을 다시 침대 난간에 묶고 속삭였다.

"그런데 아직 아니에요. 숨바꼭질 더 해야죠. 오늘부턴 내가 술래예요."

장중진이 머리를 마구 흔들며 또 소리를 질렀다.

"으아악! 간호사!"

아이, 또! 유 샘의 짜증 섞인 목소리가 들렸다. 병실을 빠져나가 재활치료실 쪽 화장실로 들어갔다. 유 샘이 터벅터벅 걸어왔다.

"환자분, 뭐 불편하세요?"

힘없는 유 샘의 목소리.

"나, 날 죽일라고, 날 죽일라고!"

"누가요?"

"아, 아들이, 여, 좀 전에 여기, 여기!"

"아들요? 왜요, 아들한테 죽을죄 지었어요? 그리고 여기 아무도 안 들어왔거든요."

"들어왔다고, 가, 가후이……."

"전화도 받지 않는 아들이 어떻게 알고 여길 와요?"

유 샘이 문을 닫고 나갔다. 화장실에서 천천히 나와 간호사실로 갔다.

"한 번 더 소리 지르면 진정제 투여해야겠어요."

탈의실에서 나온 최 샘에게 유 샘이 말했다.

"학생도 좀 쉬어. 저기 10호실 소독 다 했으니까, 한 시간만 쉬고 나와."

10호실은 1인실이다. 환자가 토요일 밤에 사망해서 빈 병실이다. 10호실로 가서 소파에 앉아서 좀 쉬었다.

새벽 여섯 시. 아침 인계를 위한 바이털 체크를 하는 시간이다. 마스크를 쓰고 1호실로 갔다. 장중진은 온통 머리가 헝클어진 채 축 늘어져 잠에 빠져 있었다. 조심스럽게 몸을 바로 눕히고 손목의 끈을 풀고 바이털 체크를 했다. 혈압도 호흡도 산소포화도, 식전 혈당도 정상이었다. 아들이 나타났다 사라지는, 그 정도는 장중진에겐 아무것도 아니었나 보다.

"어땠어? 할 만하디?"

아침에 출근한 홍 샘이 물었다.

"네."라고 답했지만, 눈에 힘이 들어가지 않았고 어깨도 축 처졌다.

'정신을 놓으면 안 된다. 며칠 남지 않은 시간, 장중진을 놓치면 안 된다.'

머릿속은 온통 그 생각뿐이었다.

화요일 아침 인계는 쉽게 끝나지 않았다.

유 샘이 밤에 찍은 최철우 환자의 욕창 사진을 모니터에 띄우며 말했다.

"2호실 최철우 환자 보호자가 사진을 보내 달라고 연락이 왔습니다."

"무슨 사진요?"

"이게 최철우 환자 욕창 사진인데요, 지금 면회 금지라 못 오니까 사진으로라도 확인하고 싶다고요. 왜 갑자기 더 심해진 거냐고 따지듯 묻더라고요."

샘들은 상태를 확인하느라 모니터를 유심히 보았다.

중환자실에 실습을 온 후 제일 놀란 건, 환자들의 욕창을 보는 거였다. 샘들은 인계가 끝나면 제일 먼저 환자들에게 새로운 처방에 따른 수액을 주거나, 상처를 치료했다. 바이털 체크를 하는 시간과 겹쳐 있었다. 아무 생각 없이 바이털 체크를 위해 침대 커튼을 열었다가 너무 놀라 몸이 굳어버린 적도 있었다. 7층 환자 중에는 욕창 환자가 없었다. 욕창이란 말을 처음 들었다. 스스로 호흡할 수 없는 환자들이 많아, 대부분 목에 구멍을 뚫어 호흡관을 끼우고 콧속으로 비위관을 넣어 음식을 공급받는 환자들이었다. 그동안 그냥 누워 있다고만 생각했던 환자들의 등은 썩어가고 있었던 것이다. 샘 두 명이 한 조가 되어 환자를 옆으로 눕혀, 한 사람은 환자를 잡고 있고 한 사람은 욕창을 소독했다. 모든 것이 배우는 과정이기에 샘들은 내가 보고 있는 걸 뭐라고 하지 않았다. 오히려 더 자세히 보라며 자세를 바꿔서 처치했다. 아이 주먹이 들어갈 정도의 둥그런 구멍이 척추 양옆으로 뚫려 있었다. 몸에 그렇게 큰 구멍이 생길 수 있다는 게 놀라웠고, 이미 욕창이 생기면 특별한 치료법이 없다는 게 안타까웠다.

알코올 솜처럼 만든 셀라인 솜으로 상처를 소독하고, 거즈를 구멍에 집어넣고 다른 구멍으로 빼서 상처를 닦아냈다. 그리고 새 거즈를 집어넣고, 그 위를 거즈로 덮고 의료용 테이프를 붙였다. 앙상하지만 기다란 팔과 다리는 젊었을 적에 신체 건강한 남자의 모습을 짐작하게 했다. 태어나 부모에게 기쁨이 되었을 테고, 친구들과 뛰어노느라 시간 가는 줄 몰랐을 것이다. 사랑에 아파하고 하는 일에 좌절하고 다시 일어서려 애쓰는 청춘을 보냈을 것이다. 그런데 지금, 그 모든 시간들은 어디로 사라진 것일까. 처음부터 늙고 병든 몸이었던 것처럼 꿈도 희망도 찾아볼 수 없는 그냥 몸뚱이로 누군가 던져 놓은 것 같았다.

인생은 길고, 생로병사의 단계는 피할 수 없다. 평생 몸과 생활을 지배했던 뼈와 근육은 딱딱한 침대에 부딪혀 자신의 피부를 갉아먹는 원인이 된다. 욕창의 시작이다. 몸과 침대가 부딪치는 압력을 줄이기 위해 보호자들에게 에어 매트리스를 사 오게 한다. 간병인에게는 두 시간에 한 번 정도 환자의 몸을 움직여주고, 환자복과 침대보를 깨끗하게 갈게 한다. 그러나 내가 내 몸의 주인이 될 수 없을 땐 그 어떤 것도 소용없었다. 썩어 들어가 딱딱해진 피부가 떨어져 나가고 구멍이 생긴다. 그 구멍 속을 들여다볼 용기가 나지 않았다.

"한 번 시작된 욕창은 멈추지 않아."

수간호사가 사진을 확인한 후, 보호자와 전화 통화를 하기로 하고 인계는 끝났다.

퇴근하지 않고 회진 시간을 기다렸다. 원장이 스테이션으로 왔다. 간호사가 일어섰다. 나도 벌떡 일어나 꾸벅 인사했다. 원장이 간호사가 건네주는 차트를 살피며 간호사와 함께 1호실로 갔다. 간호사는 가는 도중 간밤에 있었던 장중진의 발작에 대해 이야기했다. 천천히 따라가서 병실 밖에 서 있었다.

"의사 선생님, 퇴, 퇴원……. 아니, 다른 병원으로 보내주세요. 여, 여는 별로, 내랑 안 맞는 것 같은데, 예?"

장중진의 목소리엔 힘이 없다. 안간힘을 쓰며 원장에게 애원하고 있다.

"다른 병원 어디 말입니까?"

"뭐, 어디라도……. 요양원이라도……. 이 동네에서 제일로 먼

곳으로요."

"환자분은 지금 걸을 수 없고, 치매 증상도 보이고 있기 때문에 제 마음대로 내보내면 안 됩니다. 보호자와 연락이 돼야 하고, 밀린 병원비도 내야 합니다."

"내, 내는 보호자 없다니까요!"

장중진이 버럭 화를 냈다. 원장이 무시하고 병실을 나왔다.

수간호사가 아직 남아 있는 나를 보며 눈을 동그랗게 떴다.

"심부름 좀 하고 가려고요. 이번 주만 지나면 중환자실 다시 못 오니까요."

잠시 후에, 주사 준비대와 약장에 있는 바구니를 살폈다. 환자의 상태에 따라 약이 바뀌면 전에 처방받은 약은 약국으로 돌려보내고, 새로운 약을 받아야 한다. 바구니에 몇 가지 약이 들어 있었다. 나이트 근무 땐 약국은 문을 닫는다.

"약국에 다녀올까요?"

홍 샘이 고개를 끄덕였다.

약사 한 사람은 모니터를 보고 있었고 다른 한 사람은 약봉지와 처방전을 맞추어 보고 있었다.

"반품 왔습니다."

어떤 하루가 펼쳐질지 너무 뻔해서일까, 아침인데도 약사의 표정은 퇴근 직전 같다. 내가 준 바구니를 받아 되돌아온 약을 확인했다. 그사이 나는 슬쩍 리도카인이 있던 곳을 올려다보았다. 조그만 상자의 뚜껑이 찢어져 있고, 그 위까지 리도카인 앰플이 쌓여 있었다. 약사가 기계를 확인하느라 몸을 돌리기만 해도 손을 뻗어 앰플을 꺼낼 수 있었다.

"가셔도 되는데요. 바뀐 약은 아직 작업이 안 돼서 한 시간 후에 오셔야 해요."

"아, 네. 알겠습니다."

꾸벅 인사하고 나왔다.

터벅터벅 복도를 걸어 엘리베이터 앞에 섰다. 밤을 새워서 그런지 머리가 멍했다. 아무 생각이 없다. 엘리베이터에서 7병동 김 샘이 내렸다. 또 꾸벅 인사했다.

"학생."

엘리베이터를 타려다 뒤돌아보았다.

"학생이 기자한테 알렸어?"

"네? 기자요?"

⑫
세상은 모른다

기자가 찾아왔다고 했다. 지금 1층에서 취재 협조를 해달라며 계속 조르고 있단다.

"뭘 취재해요?"

"해진이. 아니, 서진."

"담당 의사와 우리 병동 샘들, 간병인, 보호자 외엔 서진에 대해 아는 사람이 없거든. 학생 둘이 안다고 했고……."

순간, 세호 형이 생각났다. 해진이 입원하고 있는 걸 아는지 모르는지 내 표정을 살핀 거였다. 그런데 하루도 지나기 전에 해진이를 연예 뉴스의 가십거리로 넘기고 말았다.

1층에선 서 주임과 마이크를 든 기자가 실랑이를 하고 있었고, 방송 카메라가 찍고 있었다.

"소독 철저히 하고 들어갈게요, 네? 한 컷만 찍을게요. 인터뷰도 안 하고요."

"안 된다고 몇 번 말해요. 보호자가 원하지 않고, 원장님도 환

자의 프라이버시가 있고, 안정을 해치기 때문에 안 된다 했다고
요!"

서 주임이 엘리베이터 문 앞에서 권력을 행사한 이후 가장
힘든 대상을 만난 것 같았다. 땀을 뻘뻘 흘리며 기자를 막고 있
었다. 행정실 직원 몇 명이 나와 계단과 엘리베이터 앞에 서 있
었다.

"우리 프로그램은 그냥 예능 프로가 아니고요, 다큐예요. 다
큐. 걸그룹 준비생들의 민낯이라는 주제로 찍고 있어요. 얼마나
많은 걸그룹 준비생들이 소리 소문 없이 사라지는지, 왜 그런지.
그들의 애환을 들어보고 대책도 세우는 프로라고요. 서진은 우
리 취지에 딱 맞는……."

카메라를 피해 병원을 나왔다. 미니 슈퍼까지 어떻게 왔는지
모르겠다. 긴장하며 밤을 새워서인지, 머리와 몸이 따로 움직이
는 것 같았다. 여전히 미니 슈퍼는 닫혀 있다. 슈퍼 뒤, 가정집의
대문을 두드렸다. 철문이라 동네가 시끄러웠다.

"왜? 우리 엄마한테 무슨 일 있어?"

산발한 머리에 하품을 해대며 세호 형이 옥탑방 앞에서 내려
다봤다.

"내려와."

"내려와? 저게 미쳤나?"

슬리퍼 끄는 소리가 들리고 대문이 열렸다.

"너지?"

"뭘? 이 자식 왜 이래⋯⋯."

내 표정이 이상했는지 대문을 붙잡고 말꼬리를 흐렸다.

"해진이, 기삿거리로 넘긴 게 진짜 형 맞아?"

혹시나 하여 물었다.

"야, 빠르다. 난 그냥 그런 경우도 있더라 하고 아는 형한테 말한 거야. 나 아는 형들이 다 방송국, 대기업 이런 데⋯⋯. 허억, 읍!"

내 주먹을 맞은 세호 형이 얼굴을 감싸며 허리를 숙였다.

"꼭 그렇게 가십거리로 만들어야 되겠어? 해진이가 얼마나 자존심이 상하겠어!"

"미친놈. 야, 해진이가 아니고 서진이야. 서진. 텔레비전에 나오고 싶어 환장을 했던 서진. 이렇게라도 텔레비전에 나오고 알려지면, 온 국민의 관심을 받게 되잖아. 소원 성취하는 거지, 뭐."

"이게 진짜!"

또 주먹을 쥐었다.

"해진이 기사 한 줄이라도 나오면, 가만 안 둘 거야. 빨리 병원에 있는 기자들 내보내."

화가 나고, 세호 형에게 더 말해야 하는데 점점 몸에 힘이 빠졌다. 눈에 힘을 주어 노려보고 돌아섰다.

"야, 웬 오지랖이냐. 지 앞가림도 못하면서!"

세호 형이 뭐라고 악을 썼지만 제대로 들리지 않았다. 집에 들어가자마자 부엌 바닥에 쓰러졌다.

언제 잠이 들었을까. 눈을 떴는데 컴컴했다. 훅, 장중진의 냄새가 나는 것 같았다. 놀라 벌떡 일어나 벽을 더듬다가 싱크대에 머리를 박았다. 불을 켰다. 안방 문엔 자물쇠가 그대로였다. 가영이 방도 그대로였다. 가영이한테서 전화가 와 있었다.

"피, 오빠는 전화도 안 하고."

"미안, 오빠가 좀 바빠서⋯⋯."

"히히, 괜찮아. 오빠가 너어무 연락이 안 돼서 햅번 아줌마한테 전화했지."

자랑하듯, 응석 부리는 말투에 화를 낼 수 없었다.

"아줌마도 실습하시느라 바쁜데⋯⋯."

"아니야, 아줌마가 깜짝 놀라면서 좋아했어. 또 전화하래. 히히히."

"알았어. 자주 하면 안 돼."

"응. 참, 우리 동네 보건소 선생님이 나 복지관에 보내줬어."

"그래? 잘 됐다."

가영이의 목소리가 밝아서 다행이다.

밤 여덟 시. 벌써 다시 병원에 갈 시간이 다 되었다.

두 번째 나이트 근무, 근무 조는 어제와 같았다.

연심 할머니의 딸이 왔다. 지방에서 일하느라 밤에 올 수밖에 없다고 했다. 딸은 겨우 숨을 쉬는 연심 할머니 침대 옆에 가만히 앉아 있었다. 눈을 마주치지도, 말을 주고받지도 못하는 이별의 순간. 딸은 이불자락을 잠시 만지더니 병실을 나갔다.

"잠시만요."

딸이 돌아보았다. 침대 밑에서 꺼낸 봉투를 내밀었다. 봉투 안엔 수영복과 손주들 사진이 있었다.

"이거 할머니 물건인데, 나중에 못 챙길지도 몰라서요."

내 얼굴과 봉투를 번갈아 보던 딸이 손을 까딱했다.

"버리세요."

"네?"

놀라는 내 얼굴을 딸이 또 봤다. 웃기는 녀석이라는 듯, 무슨 상관이냐는 듯.

나는 연심 할머니와 아무런 상관이 없다. 그런데 왜 내가 나섰을까.

아버지와 나의 이야기만으로도 머리가 터질 것 같은데, 왜 남의 이야기에 손을 내밀었을까. 왜 해진에게 손을 내밀려 하고, 왜 환자들 이야기에 귀를 기울이는 걸까.

여태껏 어느 누구도 나에게 도와 달라 한 적 없었다. 나에게 그런 힘이 없다는 게, 내 온몸에 적혀 있기라도 한 듯. 어쩌면 내가 도와 달라 할까 봐 사람들은 내게서 점점 멀어졌는지 모른다. 나는 그걸 다 느끼고 있었다. 학교든 아르바이트하는 곳이든, 동네든…….

늘 사람들 사이에 있지만 나 혼자였다.

병실마다 환자들이 가득했지만, 그들은 또 혼자 마지막 짐을 지고 누워 있었다. 조금이나마 내가 그들에게 도움이 될 거라 생각했던 걸까. 어쩌면 나도 누군가에게 도움이 되는 존재라고 느끼고 싶었던 걸까.

어쭙잖은 나의 손이 부끄러웠다.

"그거 가지고 가세요. 환자 사망 후, 고인의 물건이 없어졌다고 찾아내라는 유족들이 많아서, 미리 챙겨드리고 있어요."

내 뒤에서 최 샘의 목소리가 들렸다. 그 딸이 잔뜩 찌푸린 얼굴로 내 손에서 봉투를 낚아채 갔다.

"잘했어. 연심 할머니가 고마워하겠다."

최 샘이 내 등을 토닥이고 간호사실로 갔다. 정말 그럴까. 내가 정말 연심 할머니와 그 딸을, 그 가족들을 이어주는 손이 되었을까. 아버지를 죽이려는 내가, 무슨 자격으로…….

'패륜아.'

나는 며칠 후면 텔레비전 뉴스에 나와 세상을 놀라게 할 패륜아가 될 것이다. 자식을 때리고 죽이는 부모는 보호자란 이유로 이해되지만, 부모를 죽인 자식은 패륜아가 되어 세상이 등을 돌린다.

이해받고 싶은 마음은 없다.

이건 아버지란 사람과 나의 이야기. 세상은 모른다.

나이트 근무를 시작했지만 1호실엔 가지 않았다.

"오늘, 1호실 왜 이리 조용해요?"

아까 인계 시간에 유 샘이 물었다.

"식사도 잘하고, 재활도 잘했어요. 링거도 잘 맞고. 빨리 나아서 퇴원할 거라고 간병인한테 말했대요. 참, 밤에 병실 문 잠그면 안 되냐고 묻더라고요. 그래서 병실 문은 원래 잠금장치가 없다고 말했어요."

이브닝 근무 샘이 말했다. 별별 환자와 보호자들을 상대해왔기 때문인지, 어느 샘도 장중진 환자를 특별하게 생각하지 않았다.

주사 준비대 서랍에 물품을 정리했다. 주사기와 주사약, 수액 등을 가득 채웠다. 그러곤 5cc와 10cc 주사기를 하나씩 꺼내 비닐 커버를 뜯었다. 주사기를 다루는 게 쉬워 보여도, 한 손으로 피스톤을 당기거나 밀어 넣는 건 생각보다 쉽지 않았다. 주삿바늘을 뺀 채 연습을 많이 해야 한다고 했다. 10cc 주사기를 손에 쥐고 약지에 힘을 주어 피스톤을 당겼다. 쉽게 당겨졌다. 이번엔 물을 빨아들이려고 피스톤을 당겼다. 잘 올라가지 않았다. 주사기에 물을 반 정도 채웠다가 피스톤을 다시 밀었다. 힘 조절이 안 돼 물이 푹 나가버렸다. 주삿바늘을 끼워 물을 담고, 주사를 하는 것처럼 밀어보았다. 더 힘들었다. 10cc 주사기에 물을 반

정도 담고, 주삿바늘과 뚜껑은 빠지지 않게 꾹 눌러 닫아 주머니
에 넣었다.

새벽 두 시, 조용히 복도를 걸어 1호실로 갔다. 1호실 수면등
을 껐다.

"아빠."

장중진의 귀에 대고 속삭였다. 근무하는 동안 말할 상대가 없
어 목이 잠겨 있었다.

"아빠, 일어나 봐요. 숨바꼭질해야지. 난 밤마다 아빠 발소리
에 얼마나 가슴을 졸였었는데……. 내 발소리 안 들렸어요?"

장중진은 깊이 잠든 건지, 자는 척하는 건지 눈을 뜨지 않았
다. 묶여 있는 다리의 끈을 풀었다.

장중진이 눈을 떴다.

"너, 너 또!"

"쉿!"

주머니에서 주사기를 꺼냈다.

"그, 뭐 뭐야."

"자꾸 소리 지르면, 이걸 찌르는 수밖에 없어요."

주사기를 든 채, 잠시 침대등을 켰다가 껐다.

"자, 이제 시작! 하면 얼른 숨어야 돼요. 찾는 순간 알죠? 아빠
가 나를 찾았을 때 했던 거."

"너, 정말 왜 이러니. 여긴 어떻게 들어온 거야. 여긴 병원이

야. 아빠가 아파서 꼼짝도 못 하는 거 안 보여? 그래, 너도 컸다 이거지. 그럼 퇴원하면, 퇴원하면……. 이건 너무 비겁하잖아."

순간, 침대 옆에 있던 링거 봉으로 장중진의 가슴을 눌렀다.

"비겁하다고? 비겁하다고!"

낮게 뇌까리는 목소리가 떨리고 손이 부들부들 떨렸다. 링거 봉을 더 힘껏 눌렀다. 장중진이 신음소리를 냈다.

"당신도 비겁했잖아. 당신도……. 당신이 가진 그 힘으로 어떻게 했어? 눈도 함부로 못 뜨게 했고 말도 못 하게 했잖아. 겁에 질린 당신 아내와 어리디어린 당신 자식들을 어떻게 했어! 비겁한 당신을 그대로 배운 거지."

엄마의 웅크려 우는 모습, 가영이를 꼭 안고 벌벌 떨던 장롱 속 내 모습이 휙휙 지나갔다. 영화의 장면처럼. 그런데 몇 장면이 지나가도 비슷한 장면들뿐이었다.

"그, 그건……."

장중진의 겁에 질린 목소리가 웃겼다.

"왜, 죽는다니 겁나? 내가, 가영이가 뭐 대단한 거 해달라고 했어? 돈을 달라고 했어, 옷을 사달라고 했어, 공부를 가르쳐 달라고 했어. 하루라도 겁에 질리지 않고 잠들게 해주면 어디가 어떻게 되는 거였어?"

그동안 눌렀던 분노가 터져 나올 듯 목울대가 찢어질 것처럼 아팠다.

"나도 힘, 힘들어서……."

"시끄러워. 그따위 변명 집어치우고 얼른 도망가서 숨으라고
요. 얼르은!"

입술을 깨물며 장중진의 귀에 대고 뇌까렸다. 장중진이 두 발
을 움직이려 몸을 뒤틀었다. 이내 고통을 참는 소리와 침대가
들썩이는 소리가 이어졌다. 링거 봉을 세우고 그 모습을 지켜보
았다.

두 팔은 침대 난간에 묶인 채, 두 다리를 뒤틀며 고통에 몸부
림치는 모습을 보는데 피식 웃음이 났다. 저 두 다리로 걸어오는
걸음을 얼마나 두려워했었나. 저 두 손, 가영이를 만졌던 저 두
손을 당장 분질러 버리고 싶었다. 아니다. 지금은 아니다.

"아빠, 조금만 기다려요. 이 병원을 나갈 수 있게 해줄게요. 우
리, 밖에서도 숨바꼭질했었잖아요. 왜 우리는 항상 아빠에게 걸
렸을까요? 그게 참 신기했거든. 나중에 알았어요. 당신이 우리를
찾는 방법은 단 하나. 엄마를 아는 사람들을 못살게 구는 거. 그
래서 어쩔 수 없이 우리가 숨은 곳을 말하게 하는 거."

장중진이 무서움에 질린 눈빛으로 고개를 절레절레 흔들었다.

"난 아무 도움도 받지 않고 당신을 찾고 당신을 죽일 거예요."

간병인이 뒤척이는 소리가 들렸다. 그대로 병실을 빠져나왔다.
내 손엔 아직 리도카인이 없다.

"그런데 1호실 장중진 환자……."

수요일 아침 인계 도중, 장중진이란 말에 가슴이 쿵 울렸다.

"왜 밤새 또 소리 질렀어요?"

"그게 아니라, 분명히 팔다리가 묶여 있다고 이브닝 샘에게 인계받았고, 병실 라운딩 때도 그렇게 본 것 같거든요. 그런데 오늘 아침에 발 양쪽이 다 풀려 있었어요. 며칠 전에는 손목 매듭이 너무 꽉 묶여 있었던 것 같고, 어쨌든 오늘 새벽에 발이 풀려 있는 건 확실해요."

"발작으로 낙상 위험이라, 간병인이 있어도 팔다리가 다 묶여 있어야 하는 건데, 팔이 묶여 있다면 스스로 풀지는 않았단 말이잖아요."

"간병인이 풀어주고 잊어버린 거 아닌가?"

"글쎄요. 밤새 다리를 움직이려고 얼마나 용을 썼는지 새벽엔 너무 아프다고 해서 진통제 맞고 있어요. 소리는 지르지 않고, 밀린 병원비가 얼마냐고 묻더라고요. 그래서 원무과 연락해서 알아보고, 보호자에게도 연락하겠다고 했어요."

"보호자가 연락이 돼야 말이지. 에휴……."

"그런데 이상한 말을 했어요. 보호자가 여기 있다고, 이 병원에 있다고."

"치매 증세 아닌가?"

"글쎄요. 너무 멀쩡하게 말을 해서……."

"수고했어요. 원장님 회진 때 얘기할게요."

장중진과 나에겐 중요한 이야기였지만, 샘들에겐 환자의 상태를 주고받는 인계 상황일 뿐이었다. 인계가 끝나고 나이트 샘들이 퇴근했다.

"오늘도 더 근무하게?"

"네."

오늘은 기필코 약국에서 리도카인을 손에 넣어야 한다. 대답에 힘이 없었는지, 수간호사가 걱정스럽게 바라봤다.

"그럼, 오전 근무까지 하고 오늘 나이트는 쉬어. 얼굴이 하얘서 너무 힘들어 보여. 나이트 근무는 실습 날짜 이틀로 쳐줄게."

"고맙습니다."

⑬
희한한 소풍

퇴근하지 않고 서성거리니, 유 샘이 불렀다.

"학생, 약국 좀 갔다 올래?"

"네."

다행이다. 오늘은 꼭 리도카인을 손에 넣어야 한다. 반품 바구니를 들고 6층으로 갔다. 자동문이 열렸다. 잠시 숨을 고르고 6병동으로 들어갔다.

– 다음 뉴스입니다. 걸그룹 연습생이었던 서진이 식물인간이
 되어 입원 중이라는 소식이 들어왔습니다.

6층 스테이션을 지나 약국으로 가다가 다시 돌아와 자동문 앞, 천장 가까이 매달린 텔레비전을 보았다. 화면엔 흐릿한 형체의 병원 건물이 나왔다. 꿈숲 요양병원이다.

– 서진이 자살을 시도했고, 벌써 일 년이 돼가고 있다는데요,
 자세한 내용은 오늘 밤 〈다큐온〉에서 다룰 예정입니다.

텔레비전을 보는 환자 두 명은 별 반응이 없었다. 간호사실에

서도 텔레비전을 보는 사람은 없었다.

약국으로 갔다. 반품 약들을 꺼내놓고 약사가 약을 준비하는 동안 잠시 기다렸다. 머릿속으로 걸그룹 연습생, 서진, 식물인간 이란 말이 떠돌아다녔다.

"여기요."

약사가 주는 약을 받아 약국을 나왔다. 몇 발자국 걷다가 발을 멈췄다. 약국을 돌아보았다. 할 일을 못 했다.

7층으로 올라가 보았다. 7층 간호사실에선 모두 텔레비전을 보고 있었다. 뉴스는 반복되어 나오고 있을 것이다. 수간호사가 텔레비전을 올려다보며 이마를 꾹꾹 눌러댔다. 햅번 아줌마가 나를 알아보고는 자동문을 열고 나왔다.

"어떡하니. 아니, 뭐 좋은 일이라고 뉴스에 내보낸대?"

"원장님은 뭐라고 하세요?"

"방송국에 전화해서 난리 쳤다는데, 뭐, 이미 나온걸. 에 휴……."

3층까지 계단으로 뛰어서 내려갔다. 약국 바구니를 내려놓고 옷을 갈아입었다. 인사를 했는지 안 했는지 모르겠다. 뛰다 보니, 세호 형 집 앞이었다.

대문을 발로 찼다. 철커덩거리는 소리가 났다. 또 발로 찼다. 또 철커덩 소리가 울렸다. 또 발로 찼다.

"누구야!"

"나와."

"아, 존나 귀찮게 하네. 왜!"

슬리퍼 끄는 소리가 가까워지다가 대문이 열렸다. 세호의 얼굴이 보이자마자 냅다 주먹을 날렸다.

"헉, 으……. 어, 어!"

세호가 뒷발질로 주춤거리다 넘어졌다. 대문 밖으로 세호를 끌어냈다. 또 한 번 주먹을 날렸다. 세호의 얼굴에 코피가 번졌다.

"너, 미쳤어? 왜 이래!"

또 주먹을 날렸다.

"사람 죽어요. 신고, 신고 좀……. 으으악!"

세호가 지나가는 사람을 향해 손을 뻗으며 소리를 질렀다.

"못된 놈. 자기밖에 모르는 바보 같은 놈."

"뭐? 야, 그러는 넌 왜 남의 일에 난리야.!"

"친구니까 그런다. 친구! 나한테 손 내밀어준 친구니까!"

목소리가 떨릴까 봐 악을 썼다.

"친구? 친구면 걔가 원하는 게 뭔지 생각해봐. 이렇게라도 알려지면 나중에, 깨어나면……. 아니, 깨어나진 못하더라도, 그런 애가 살았었다는……."

"이게!"

주먹이 또 올라갔다.

"야, 친구고 뭐고. 넌 네 엄마가 어떻게 죽었는지나……."

경찰차가 왔다. 김 순경이 차에서 내렸다. 김 순경은 고개를 갸웃하며 세호와 나를 한참 바라보았다.

"지구대 갈래? 여기서 해결 볼래?"

"지구대 가야죠! 절대 합의 같은 거 없어요. 이거 봐요, 이거. 다짜고짜 불러내서는!"

세호가 길길이 날뛰었다. 김 순경은 나와 세호, 또 이 동네 녀석들이 싸움을 할 때마다 만나는 사람이다. 김 순경이 나와 세호를 번갈아 보며 한숨을 푹 내쉬었다.

"지구대 가면 기록 남는 거 알지? 왜 이런 사건이 발생하게 됐는지부터……. 뭐, 지금도 출동 기록은 남지만, 출동 기록이야 내가 쓰기 나름이고……. 이젠, 안 싸울 때도 되지 않았니?"

김 순경이 누나처럼 허리에 손을 얹으며 말했다. 김 순경에게 미안했다. 세호도 머쓱했는지 잠시 말이 없었다.

"에이씨, 야! 너 한 번만 더 까불면 가만 안 둬."

세호가 대문을 밀치며 들어갔다.

"참, 대신에 우리 엄마 신경 써라."

이번엔 너 차례라는 듯 김 순경이 나를 보았다. 나는 고개를 숙였다.

"죄송해요. 이젠 이런 일 없을 거예요."

"가영인 어디 갔니? 순찰 돌 때 보니 방에 불 꺼져 있고, 조용하던데."

우리 집에 관심 있는 유일한 사람이다.

"네, 할머니 댁에 갔어요."

"할머니? 왜? 아빠 돌아오셨어?"

"아, 아니에요. 제가, 일을 하게 돼서요."

"그래에. 아버지 소식은 전혀 없고?"

나는 말 대신 고개를 끄덕였다. 김 순경도 알았다는 듯 고개를 끄덕였다. 바닥에 떨어진 가방을 들어 어깨에 멨다.

"너도 어디 가니?"

"네?"

"이젠 이런 일 없을 거라며? 여태 지구대 그렇게 많이 왔어도 이런 일 없을 거라는 단호한 말투는 없었는데?"

"아, 뭐……."

또 한 번 고개를 숙였다. 그동안 고마웠습니다, 안녕히 계세요, 라는 말을 삼켰다. 돌아서 가는데 차 문이 닫히는 소리와 차가 출발하는 소리가 들리지 않았다.

현관문 열쇠를 열고 들어가 그대로 쓰러졌다. 바닥이 몸을 끌어당기는 듯 축 처졌지만 금방 잠이 들지 않았다. 텔레비전에 나오던 뉴스가 귀에 쟁쟁 울렸다. 텔레비전에 나오면 소식이 퍼지는 건 금방이다. 이제 초등학교 친구들이 다 알게 되고, 해진이가 이사 간 뒤 만났던 친구들도 다 알게 되겠지. 이 사람 저 사람 입에 해진으로, 서진으로 오르내리겠지. 간병인과 햅번 아줌마는 대놓고 말을 못 하고 끙끙거리겠지. 해진이 엄마는 또 얼마나 속 상할까. 굿이란 걸 했을까.

꿈인지, 현실인지 모를 장면들이 나타났다 사라졌다. 해진이 노래를 부르기도 하고, 뛰어다니기도 했다. 해진이 가영이 손을 잡고 눈을 맞추며 언니, 해 봐. 언니. 하고 말을 했다. 가영이 수줍게 언니, 라고 말했다. 몸을 뒤척이다 일어났다.

'그 언니 안 만나?'

가영인 그 후에도 가끔 그 말을 했었는데 모른 척했었다.

싱크대에 기대앉아 멍하게 창문을 보았다. 창문 쪽만 밝았다. 아침인지, 저녁인지 모르겠다. 오늘이 며칠이더라. 무슨 요일이 더라. 겨우 정신을 가다듬었다. 수요일이다. 금요일까진 이틀밖에 남지 않았다.

휴대폰을 켰다. 해진, 아니 걸그룹 준비생 서진과 관련된 기사 들이 잔뜩 올라와 있었다. 기사 내용보다 그 밑에 달린 댓글들이 요란했다. 사실인지 아닌지 정확하지도 않고 아예 틀린 댓글도 있었다. 동정 어린 댓글들도 많고, 같이 준비하던 멤버들을 비난 하는 글도 많았다. 서진이 톱스타와 사귀어서 퇴출됐다는 기사 도 있었다.

'속 시끄럽겠다.'

마치 해진이 이 글들을 다 읽은 것처럼 걱정이 되었다.

휴대폰을 껐다. 이상하게 손이 아팠다. 주먹이 잘 쥐어지지 않았다. 순간, 세호를 때렸던 게 떠올랐다. 문득 세호가 했던 말이 스쳐 지나갔다.

'네 엄마가 어떻게 죽었는지나…….'

엄마는 교통사고로 죽었다고 했다. 할머니 집 근처에서 장례식을 치렀다고 장중진이 말했었다. 중학교 3학년 때였다. 엄마가 죽어서 슬픈 것보다, 술을 퍼마시던 장중진이 어떻게 돌변할까가 더 두려웠었다.

"나쁜 새끼."

불리하면 꼭 아픈 기억을 끄집어내는 세호에게 욕이 튀어나왔다. 옷을 갈아입고 현관을 나섰다. 이틀. 누군가와 싸운 채로 이 시간들을 보낼 수 없었다. 세호의 집은 불이 꺼져 있었다. 대문을 두드렸다. 아무 반응이 없다. 망설이다 전화를 걸었다. 받지 않았다.

'아줌마한테 갔나?'

요양병원이 잘 보이는 쪽으로 갔다.

일곱 시. 환자들의 저녁 식사와 직원들의 식사가 끝날 시간이다. 꿈숲의 어둠을 배경으로 병원은 도로를 보고 있다. 도로의 불빛, 그 건너 아파트의 불빛으로 세상은 환하다. 환한 세상과 숲의 어둠, 그 경계에 병원이 있다.

병원 7병동으로 전화를 걸었다. 김 샘이 나이트 근무였다. 김 샘과의 통화가 길어졌다.

"별일을 다 해 보네. 그 별일은 없었던 일이 돼야 하는 거 알지?"

"고맙습니다."

햅번 아줌마에게도 전화를 걸었다.

"어머, 어머. 우리 가훈이가 전화를 다 주고, 어머!"

햅번 아줌마의 목소리를 들으니, 저절로 얼굴 근육들이 위로 올라가는 것 같았다.

"그래, 알았어. 좀 있다 보자아."

1층 로비에서 햅번 아줌마를 기다렸다. 서 주임은 방송국 놈들을 욕하면서 로비를 왔다 갔다 했다.

"찾아온 사람은 없었어요?"

"왜 없겠어? 이 병원 아니라고 하면 안 믿을 것 같아서, 지방으로 급하게 옮겨 갔다고 했지. 그랬더니 이제 좀 조용하네. 멀쩡할 때 관심 좀 가져 줄 것이지. 다른 보호자들도 그래. 이제 와서 면회가 왜 안 되냐면서 지가 세상 혼자 효자 효녀인 것처럼 난리라니까."

해진이 이야기를 하다가 다른 입원 환자들의 보호자들한테 쌓였던 감정까지 긁어냈다. 마침 햅번 아줌마가 왔다. 아줌마 손엔 손잡이가 달린 커다란 바구니와 돗자리를 접은 가방이 들려 있었다.

"열한 시?"

서 주임이 시간을 확인했고, 햅번 아줌마와 나는 7층으로 올라갔다. 김 샘이 자동문으로 들어가는 우리를 보며 뻣뻣이 서 있었다. 김 샘이 긴장한 모습을 처음 보았다. 햅번 아줌마가 바구니에서 김밥이 든 작은 플라스틱통과 음료수병을 꺼내서 스테이션에 놓았다.

"급하게 싸서 맛이 어떨지, 그래도 소풍 기분 내보려고 쌌어요."

컴퓨터 작업 중이던 책임 간호사가 고개를 들어 햅번 아줌마와 나를 보았다.

"한 번뿐이야."

"네, 고맙습니다."

고개를 숙여 인사하고 12호실로 들어갔다.

간병인이 해진이 머리에 모자를 씌우고 있었다. 비위관도 빠져 있고, 링거도 맞지 않는 상태였다.

"해진이한테 얘기했어요? 눈을 뜨고 있네?"

햅번 아줌마가 해진이 얼굴을 살피며 물었다.

"저녁 식사 넣고 비위관 뺄 때부터 눈을 뜨고 있어서, 혹시라도 놀랄까 봐 얘기했어요."

간병인이 한 번 더 해진이를 덮고 있는 이불을 다독였다. 햅번 아줌마가 해진이 귀 가까이에서 말했다.

"해진아, 우리 소풍 갈 거야. 가훈이가 너한테 꿈숲에서 바람 좀 쐬어 주고 싶다고 해서. 너도 좋지? 김 샘도 가고 힘센 서 주임도 가니까 걱정 안 해도 돼."

간병인이 침대 앞바퀴의 고정핀을 올렸다. 내가 뒷바퀴의 고정핀을 올리고 침대를 벽에서 문 쪽으로 당겼다. 오래된 장롱을 꺼내듯 뻑뻑했다. 침대째 병실을 나가는 건 재활치료실 갈 때뿐이다. 본 병원에 진료받으러 갈 땐 작은 간이침대로 환자를 옮겨 태워 간다. 문 앞에 있던 김 샘이 뒷문으로 먼저 걸어갔다. 김 샘은 의료 가방을 꽉 쥐고 있었다. 정문 엘리베이터는 작아서 침대가 들어가지 못한다. 뒷문에 있는 엘리베이터가 침대 전용이었다. 이 엘리베이터는 1층에 서지 않고 지하 주차장까지 갔다. 지하 주차장에 서 주임이 기다리고 있었다.

"로비 문은요?"

"잠갔어요. 어차피 이 시간은 오가는 사람도 없잖아요."

김 샘의 말에 서 주임이 답했다. 서 주임은 침대를 앞에서 끌고 내가 밀었다. 지상으로 나가는 오르막을 올라갈 때, 간병인과 김 샘이 해진이의 가슴께와 다리를 안 듯이 눌렀다. 벙거지 모자 테두리 안으로 해진의 눈이 얼핏 보였다. 순간 해진이와 눈이 마주친 느낌이 들어 목덜미에서 찌르르 전기가 올라오는 것 같았다. 지하 주차장에서 지상으로 나가면 바로 옆이 꿈숲으로 가는 길이었다. 커다란 느티나무와, 꿈숲 안내소만 지나면 된다.

서 주임이 좌우를 살피며 꿈숲으로 침대를 끌었다. 지나가는 차들과 간간이 사람들이 보였다. 김 샘과 간병인과 햅번 아줌마가 내 뒤에서 따라왔다.

"얼른 가요."

김 샘이 속삭였다. 서 주임이 힘을 주어 당겼다.

안내소를 지나자 숲이 커다란 공원을 품고 있는 것 같았다. 길이 잘 되어 있고, 가로등이 군데군데 있어서 바퀴 달린 침대는 가는 데 아무런 문제가 없었다. 조금 더 올라가니, 평평하고 넓은 잔디밭이 나왔다. 잔디밭 가장자리쯤에 침대를 세우고 고정했다. 김 샘이 가방에서 청진기를 꺼내 해진이 가슴에 댔다. 그 짧은 시간 동안 모두 숨을 죽이고 김 샘을 보았다.

"괜찮네요."

"어우, 바짝 쫄았네요."

서 주임이 가슴에 손을 얹으며 큰 숨을 내쉬었다.

햅번 아줌마가 해진이의 머리에서 모자를 벗겨내며 말했다.

"해진아, 5월이야. 숲의 공기가 얼마나 좋은지 몰라. 시원한 바람 많이 쐬고 가자."

"나도 덕분에 여기 와본다이. 오 분도 안 걸리는 거린데."

간병인이 두 팔을 벌리고 크게 숨을 들이마셨다.

"그러게요. 나도 여기 김밥 싸서 놀러 오고 싶었는데."

"어머, 김 샘도요? 나도 그랬어요. 근데 이제 애들 다 크고 사는 게 바빠서 엄두도 못 내요."

헵번 아줌마가 캄캄한 하늘과 가로등 불에 희부연한 잔디밭과 하늘을 메울 듯 키가 큰 나무들을 둘러보았다.

"음, 아카시아 향기가 나네."

아줌마의 말에 모두 머리를 젖히고 코를 킁킁거렸다.

"아, 정말이네. 서진이 코로도 들어가야 하는데."

간병인이 바람을 끌어모아 해진이 코에 넣어주려는 듯 크게 손짓했다. 해진이는 눈을 계속 뜨고 있었다.

"자고 있는 건 아니니, 우리 함께 이 시간을 보낸다고 봐야죠."

"그래요. 해진이한텐 미안하지만 우리, 김밥도 먹어요."

헵번 아줌마가 침대 옆에 돗자리를 펴고, 바구니에서 김밥통과 과일통을 꺼내고 물과 주스도 꺼냈다

"우리만 묵어서 미안하네.

간병인이 해진이 얼굴을 살폈다.

"앞으로 먹을 날 많잖아요."

"그렇겠죠?"

헵번 아줌마가 김 샘과 나를 번갈아 보았다. 모두 돗자리에 앉았다.

"참 희한한 소풍이네. 허허허"

서 주임이 젓가락을 딱 쪼개서 김밥을 집었다. 나는 저녁을 먹지 않았는데도 배가 고프지 않았다.

해진이 곁으로 갔다. 해진이는 이 바람을 느끼고 있을까. 캄캄한 하늘과 가로등 불빛으로 겨우 서로를 알아보는 이 공간을 해진이는 느끼고 있을까. 우리 동네 자랑거리로 꼽았던 이 숲을 기억할까. 뛰어다니고 노래를 부르며 춤췄던 자신을 기억할까. 자기 때문에 잠시 웃었던 나와 가영이를 기억할까. 기억하지 않아도 좋다. 차라리 모든 걸 잊어버리고, 이 순간을 느꼈으면 좋겠다.

주머니에서 이어폰을 꺼냈다. 휴대폰과 연결하고 이어폰을 해진이 귀에 끼웠다.

"노래 들려주게? 무슨 노래?"

김 샘이 물었다.

"그냥 봄에 들으면 좋은 노래 검색했어요."

"어머, 해진이 좋아하겠다."

노랫소리가 들리지 않는데도 햅번 아줌마는 고개를 까딱이며 박자를 맞추었다.

"아마, 사고 이후로 처음 노래 들을 거라요. 엄마가 텔레비전도 못 틀게 하고, 노래 같은 건 절대 들려주지 말라 캤어. 노래 때문에 이래됐다고요."

간병인이 소리를 낮추며 말했다.

"해진이는 노래를 좋아했어요. 쉬는 시간이면 노래 부르고 듣고, 억지로 하는 것 같지 않았어요."

휴대폰 불빛에 해진이 얼굴이 좀 더 잘 보였다. 해진이가 눈을 감았다. 자려는가 싶었는데 다시 눈을 떴다. 잠시 후 다시 눈을 감았다. 눈썹 끝에 물기가 스미는 것 같았다.

"그라믄 앞으로 노래 좀 들려주까요?"

"그것도 좋죠. 뇌는 살아 있으니 다 듣고 있겠죠? 표현을 못할 뿐이지. 말 걸고, 노래 들려주는 이런 것들이 우리는 너를 기다린다. 돌아와, 이런 신호를 보내는 것 같아요."

"어머, 김 샘은 주사만 잘 놓는 줄 알았더니 매우 감성적이시다."

김 샘의 얼굴을 빤히 보며 햅번 아줌마가 감동받은 듯 말했다.

"뭐, 이런 걸 가지고."

김 샘의 말이 맞는 것 같다. 나는 해진에게 신호를 보내고 있다. 그곳에 오래 있지 말라고. 이 세상으로 걸어오라고.

"잠시 후에 들어갈 거예요."

김 샘의 말에 모두 주섬주섬 자리를 정리했다.

"오늘 너무 감사드립니다. 잊지 않겠습니다."

나는 모두에게 허리를 숙였다.

"우리도 잊지 못할 거야."

김 샘이 내 팔을 두드렸다.

"내, 긴 간병인 생활 동안 이런 적이 처음이라. 서진이 깨어나면 꼭 말해 줄기라."

햅번 아줌마와 서 주임은 말없이 컴컴한 하늘로 고개를 젖혔다.

병원 지하 주차장으로 해진의 침대를 끌고 내려가고, 엘리베이터로 7층에 가는 동안 누구도 말하지 않았다. 12호실까지 침대를 끌고 온 서 주임은 침대를 단단히 고정하고 병동을 나갔다. 침대를 벽에 붙인 후, 김 샘이 청진기를 꺼내 체크하고 고개를 끄덕였다. 간병인이 어서 가라며 손을 내저었다. 햅번 아줌마와 나는 해진이 얼굴을 한 번 보고 병실을 나왔다.

스테이션엔 여전히 책임 간호사가 앉아 있었다. 꾸벅 절하고 자동문을 나와 엘리베이터를 탔다. 1층에 가니, 서 주임은 아무 일도 없었던 듯 자리를 지키고 있었다. 로비의 문은 열려 있었다. 햅번 아줌마는 무슨 비밀을 공유하듯, 서 주임을 힐끔 보고는 쿡쿡 웃음을 터뜨렸다.

꿈숲 앞 횡단보도에 섰다. 횡단보도를 건너 아줌마는 택시를 타고, 나는 소양동으로 올라가면 된다.

"가훈아."

꿈숲의 상념에 젖어 있다 아줌마를 보았다.

"너, 내 조카 해라."

"네?"

햅번 아줌마의 갑작스러운 말에 횡단보도에 초록 불이 켜졌지만 건널 수 없었다.

"자식만큼 많은 사랑을 주지는 못하지만 늘 신경 쓰이고, 잘해주고 싶고, 반찬이라도 만들어다 주면서 사는 모습 보는 그런 조카 말이야. 그렇다고 막 부담스런 존재는 아니고⋯⋯. 음, 서로 이어져 있어서 생각나고 궁금하고 그런 조카. 남은 그러다가 끊어질 수 있지만, 조카는 절대 끊어질 수 없잖아."

나는 아무 말도 못 하고 고개를 숙였다가 꿈숲을 보았다. 햅번 아줌마를 똑바로 볼 수가 없었다. 나 같은 애를 왜? 아줌마가 바보같았다. 착하다고 다 좋은 건 아니다. 사람 볼 줄도 모르고 무조건 좋게만 생각하는 바보다. 내가 누군데⋯⋯. 나 같은 패륜아를⋯⋯. 여전히 꿈숲을 향한 채 침을 꿀꺽 삼켰다.

"가영이가 아줌마한테 너무 자주 전화하죠?"

"아니야. 전화 오면 정말 좋아. 재잘재잘 대는 게 너무 귀여워."

"저하고 가영이, 너무 불쌍하게 보지 마세요. 안녕히 가세요. 저는 저 위쪽으로 가면 돼요."

말을 내뱉고 돌아섰다. 아줌마의 눈이 커졌겠지. 입을 쭉 내밀며 어깨를 으쓱하겠지. 내가 뭐 잘못 말했나, 눈을 굴리겠지.

"그런 거 아닌데⋯⋯."

아줌마의 힘없는 말이 들렸지만 돌아보지 않고 성큼성큼 걸었다.

이틀 뒤에, 고마운 남인 햅번 아줌마가 나와 연관 있는 사람으로 지목되어선 안 된다.

⓮
마지막 인사

목요일이다.

이브닝 근무 인계 시간인 오후 2시 반쯤, 3병동으로 갔다. 인계 중이던 샘들이 놀라 쳐다보았다.

"어제 나이트 쉬어서, 내일 아침까지 충분히 근무할 수 있습니다."

일부러 밝게 인사했다. 수간호사가 눈을 동그랗게 뜨고 반겼다.

"잘 됐다. 신청한 물품 들어왔는데 정리 부탁해."

"네!"

새로 신청한 물품은 커다란 박스로 두 개나 되었다. 일상에서 쓰는 비닐장갑이나 테이프, 종이컵 등은 물론이고 처음 보는 의료용품도 많았다. 한 사람이 일생을 살아가는 데 생각지도 않았던 많은 사람과 많은 물건이 필요하다는 걸 알아간다. 하지만 모든 게 제때, 필요한 만큼 채워지는지는 알 수가 없다. 결핍과 과잉 사이에서 인간은 정신과 육체를 키워간다. 그러다 죽는다.

인계가 끝난 후 정리를 해야 해서, 의자에 앉아 인계 내용을 들었다. 미처 못 들었는지 인계가 한참 지났는데도 장중진에 대한 내용은 없었다. 설마 장중진의 무리한 요구에 퇴원시킨 건 아닌지 마른침이 넘어갔다. 오자마자 1호실로 가봤어야 했나, 생각 중인데 갑자기 주머니에서 휴대폰이 울렸다. 샘들이 모두 나를 보았다. 너무 놀라 주머니에서 휴대폰을 꺼냈다. 밤에 가영이한테 전화가 왔을 때 못 받을까 봐 소리를 켜놓았었다.

'꿈숲요양병원.'

놀라서 얼른 휴대폰을 끄고 고개를 들었다. 책임 간호사가 스테이션에 있는 전화기를 들고 있었다.

"도, 동생이 전화를……. 죄송합니다."

간호사실을 나와 재활치료실 쪽 화장실로 뛰어갔다. 또 전화가 울렸다. 얼른 무음으로 바꿨다. 전화가 계속 왔다. 버튼을 눌러 완전히 꺼버렸다. 화장실을 나와, 마스크를 쓰고 1호실 문 앞에서 병실을 살폈다. 환자는 한 명뿐이었다. 장중진은 침대째 없었다. 재활치료실로 가보았다. 장중진이 어깨까지 오는 철봉 같은 것에 두 팔을 올리고 서 있었다. 다리에 힘을 주고 꼿꼿이 서 있는 게 아니라, 무릎을 굽힌 채 매달리듯 서 있었다. 장중진이 팔과 다리에 힘을 기르고 있다. 저 힘이 다 차오른 날, 장중진은 다시 술래가 될 것이다.

아니, 그런 날은 오지 않는다.

돌아서서 간호사실로 갔다. 책임 간호사는 여전히 전화기를 들고 있었다. 내가 들어서자 전화기를 내려놓았다.

"동생이랑은 통화했니?"

"네. 지금 할머니 댁에 있는데 할머니가 아프시다고……."

부풀려 거짓 대답을 했다.

인계가 끝나고 물품 박스에 있는 의료품 정리를 시작했다. 서랍장, 싱크대, 주사 준비대 등 모든 서랍 속으로 의료품들을 차곡차곡 집어넣었다. 그 많은 물품이 약속된 공간 속으로 다 들어가니, 처음부터 그렇게 있었던 것 같았다. 그다음 창고에서 수액 상자를 가져와 간호사실 한쪽에 쌓아두었다. 서랍마다 표시된 수액을 채워 넣고, 주사기도 종류별로 채웠다. 알코올 솜을 만들고, 드레싱이 끝난 도구들을 씻고 소독 준비를 했다. 매일 반복되는 간단한 일들이다. 하지만 이 물품들이 없고, 간단한 준비가 안 된다면, 환자 치료의 기본이 무너져 버린다.

실습한 지 3주가 지나면서, 기본을 쌓고 묵묵히 자신이 하는 일에 정성을 쏟는 사람들이 세상에 많다는 걸 알았다.

"아이구, 이젠 척척이네."

홍 샘이 처방전에 맞춰, 주사와 약을 준비하며 말했다. 갑작스러운 칭찬에 귀가 뜨거워졌다.

"이리 와 봐."

소독포로 소독 물품을 묶어 놓고 홍 샘 옆으로 갔다.

"자, 셀라인을 주사기에 2cc 다섯 개, 3cc 다섯 개로 나눠 담아봐. 자 이렇게."

홍 샘은 왼손엔 셀라인 30cc짜리 플라스틱통을 들고, 5cc 주사기를 오른손에 들었다. 그러곤 주사기를 셀라인통에 넣고 오른손 손가락으로 주사기의 피스톤을 당겼다. 주삿바늘을 통해 셀라인이 쪼르륵 올라가 2cc가 채워졌다. 샘들이 하는 건 많이 봤지만, 직접 해보라고 한 건 처음이었다.

주사기를 잡는데 손이 떨렸다. 주삿바늘의 뚜껑을 열고 셀라인통으로 넣었다. 그런데 주사기를 든 손가락으로 피스톤을 당기는 건 힘들었다. 손이 굳어버린 것 같았다.

"오늘은 주사기에 주사액 담는 거 연습해. 음, 이번 주는 나이트하고 다음 주부턴 데이 근무해. 다른 층 돌지 말고 여기서 배워. 중환자실이라 힘들긴 해도 배울 게 많아. 앞으로 취직하는 데도 도움 될 테고. 알았지? 아까 수쌤이 학생 담당 수쌤한테 말한다고 하는 걸 내가 들었지롱."

홍 샘의 말에 선뜻 대답을 못 했다. 다음 주라니, 취직이라니. 내가 가질 수 없는 말들이다.

"와우, 학생. 홍 샘한테 찍혔네. 홍 샘한테 찍히면 힘들어. 아주 깐깐하게 가르쳐 주거든."

모니터를 보던 샘이 웃으며 말했다. 샘을 따라 웃었는데 얼굴에 경련이 온 듯 어색했다. 갑자기 눈이 뿌예졌다.

"아얏!"

주삿바늘을 셀라인통으로 넣으려다, 내 손을 찌르고 말았다.

"왜 그래? 아이구, 집중해야지, 집중!"

알코올 솜을 꺼내 찔린 곳을 눌렀다. 눈꼬리에 눈물이 맺혔다. 입술을 깨물고 고개를 젖혔다. 홍 샘보다 키가 커서 다행이다.

"아프냐? 나도 아프다!"

홍 샘이 어색하게 큰 소리로 말했다.

"어머, 샘! 개그 하신 거예요?"

간호사실에 있던 샘들이 까르르 웃음을 터뜨렸다. 고개를 젖힌 채 눈물을 참느라 몸이 부들부들 떨렸다.

셀라인 주사기 다섯 개를 겨우 만들었다.

아, 맞다. 약사들 퇴근 전에 약국에 가야 한다. 반품 바구니에 처방전만 있었다.

"약국 다녀오겠습니다."

"응? 그거 급한 건 아닌데."

"혹시 안 받아 온 약 있나 볼게요."

바구니를 들고 가는 내 뒤로 책임 간호사의 눈길이 따라왔다. 엘리베이터를 타지 않고 계단으로 올라갔다. 4층 계단에서 숨을 골랐다. 멀미가 나는 것처럼 어지럽고 속도 메스꺼웠다. 사실 어젯밤에 잠을 설쳤다. 꿈속에서 해진이의 눈물을 본 것 같았다. 헵번 아줌마의 말도 자꾸 생각났다.

3병동의 수간호사 샘도, 홍 샘도 나에게 다음 주를 얘기하고 있다. 다음 주면 나는 여기에 없을 것이다. 아마 그들은 내가 이 병원에 있었다는 사실만으로도 경악을 할 것이다. 나에게 마음의 문을 열어준 사람들에게 나는, 나라는 존재는……. 또 멀미가 밀려왔다.

'정신 차려. 이제 다 왔어. 너에게 다음 주는 없어. 끝내야 돼. 끝내야 돼.'

심호흡을 하고 6층으로 올라갔다.

약국에 들어가는 순간 리도카인을 확인했다. 몇 개 사용이 되었는지, 위로 앰플이 불룩 나오지 않았다. 약사 둘은 여전히 바빴다. 한 사람은 문에서 보이지 않는 쪽에서 통화하고 있고 다른 약사는 약 봉투가 만들어지는 기계 앞에서 확인하고 있었다.

"거기 두고 가세요."

"3층 약, 아직 안 됐나요?"

"약 밀린 게 있어요?"

약사가 고개를 갸웃했다. 내가 가져간 바구니 안에 든 반품 처방전을 확인했다.

"잠시만요."

약사가 컴퓨터 쪽으로 갔다. 나를 등지고 마우스를 클릭하며 모니터를 확인했다. 나는 조금 뒤로 물러서며 리도카인통을 집어 주머니에 넣었다. 리도카인을 담은 종이박스가 주머니에 꽉 찼다. 팔을 앞쪽으로 내밀어 주머니를 가렸다.

"밀린 약 없고요, 다음 주 퇴원 환자 약은 내일 받으러 오면 돼요."

"아, 네."

인사하고 돌아서다 멈췄다.

"퇴원 환자 약, 못 들었는데 누가 퇴원해요?"

"네? 아, 장중진 님이네요."

말끝이 올라갔다. 귀찮다는 뜻이다. 얼른 약국을 나왔다. 퇴원이라니. 다음 주에 퇴원한다고? 밀린 병원비가 있다고 했는데 어떻게 냈을까. 몸은 거의 회복이 되었다는 뜻일까? 알코올성 치매가 있다고 했는데? 퇴원하면 집으로 온다는 말일까?

말도 안 된다. 그래도 다행이다. 내일은 병원에 확실히 있다는 말이다. 터덜터덜 걸어 계단을 내려갔다.

"오랜만이네."

고개를 드니, 덕수 장씨 환자가 5층 엘리베이터 옆에 서 있었다. 전보다 몸이 굽어 보였고 지팡이를 짚고 서 있었다. 쌩쌩해 보이던 사람이 진짜 환자가 된 것 같았다. 그래도 나에게 선뜻 말 걸어주던 사람이, 누렇게 변한 얼굴에 구부정하게 서 있으니 마음이 좋지 않았다.

"많이 안 좋으세요?"

"암세포님이 날 데리고 갈 날이 다가오는 거지. 허허허."

이럴 땐 뭐라고 말해야 하는 건지, 우물쭈물하다 고개를 숙여 인사하고 계단을 내려갔다.

"아들이 있었거든. 삼 년 전부턴 하늘나라에 있고. 아들이 기다리고 있으니까, 난 하나도 겁나지 않아. 학생이 아들 또래인 것 같아서 괜히 장난쳐 본 거야. 본이니 뭐니, 그런 거 아무것도 아니야. 주어진 삶, 그 자체가 소중한 거지."

뒤돌아, 지팡이를 짚고 선 환자의 얼굴을 올려다보았다. 환자가 지팡이를 들어 흔들며 웃었다.

다리가 풀리고 또 멀미가 일었다. 머리가 아파왔다. 이대로 병원을 뛰쳐나가고 싶었다. 숨이 턱턱 막히도록 어디론가 뛰어가고 싶었다. 계단을 빠르게 내려가는데 주머니 한쪽이 묵직했다. 손을 넣으니, 리도카인 상자가 만져졌다. 계단 난간을 붙잡았다. 이대로 나가면 안 된다. 도망가면 안 된다. 내 손으로 끝내야 한다. 주어진 삶 자체가 소중하다고? 개뼈다귀 같은 말이다. 희망은 없다. 내 삶이 가르쳐 준 것이다.

심호흡을 하며 속이 진정되기를 기다렸다. 옷매무새를 만지고 팔을 붙여 주머니를 가리고 3병동으로 들어갔다. 가운과 이불을 보관하는 비품 창고에 리도카인을 숨겼다. 벌써 저녁 시간이었다. 다른 샘들은 식사를 하러 가고, 책임 간호사가 스테이션을 지키고 있었다. 나는 싱크대에 쌓인 소독 도구를 씻었다.

"학생?"

"네?"

고무장갑을 낀 채 몸을 반쯤 돌렸다. 책임 간호사가 나를 훑어보았다.

"이름표 왜 안 하고 있어?"

"하, 하겠습니다. 가방에……."

이야기를 끊고 싶어 싱크대 아래쪽에 있는 가방을 꺼내려고 문을 열었다. 그때 식사를 마친 샘들이 들어왔다.

"학생, 밥 먹고 와."

"네에."

"샘도 식사하고 오세요."

홍 샘이 말했다.

"아, 오늘 여섯 시까지 근무예요. 7층 들렀다가 퇴근할게요."

책임 간호사가 탈의실로 가서 옷을 갈아입고 나왔다. 나는 가방을 꺼내 이름표를 찾는 척했다. 책임 간호사가 간호사실을 나갔다. 가방을 뒤졌지만, 이름표는 없었다. 없는 게 맞다. 버렸으니까.

"밥 먹고 오겠습니다."

딱히 배가 고프진 않았지만, 잠시 숨을 돌리려고 식당으로 갔다. 식당은 1층 로비 안쪽에 있었다. 엘리베이터에서 내렸는데 해진이 엄마가 서 있었다. 해진이 엄마 뒤엔 벙거지 모자를 눌러 쓰고 마스크를 한 여자도 서 있었다. 자신을 노출시키지 않으려고 가린 것 같았다. 해진이 엄마는 무슨 생각을 하는지 나를 보고도 지나쳐 엘리베이터에 올랐다.

잠시 후에 식당에 해진이 간병인이 왔다. 원래 병실에서 식사를 했었다. 간병인이 식판을 들고 내 앞에 앉았다.

"학생 몸은 괜찮아?"

"네. 여사님은요?"

"나야, 코에 바람 넣고 좋았지."

"해진이는 어때요?"

"좋았던 건지, 좀 긴장했던 건지 잠은 푹 자더라고. 그런데 또 컨디션 나빠질까 봐 걱정이구먼."

간병인이 7층 병실을 올려보듯 잠깐 천장을 보았다. 내가 숟가락을 든 채 간병인을 바라보자 말을 이었다.

"친구는 아닌 것 같드라고. 들어와서 가만히 서 있는 게. 해진이 엄마 표정도 안 좋고……."

누구일까. 면회도 안 되는 상황인데 해진이 엄마와 함께 온 걸 보면, 해진이를 꼭 만나야 하는 사람일 것이다.

간병인은 밥을 천천히 먹었다.

"저 먼저 일어날게요."

"으응, 그래. 나는 전화하면 오라 해서……."

저녁 8시에 바이털 체크를 시작했다. 바이털 체크를 위한 환자 명단은 매일 출력했다. 중환자실에서 실습한 지 2주가 되어

간다. 그동안 새로 들어온 환자도 있었지만, 명단에서 빠진 환자도 있었다. 연심 할머니도 없다. 몇 명의 환자가 들고 나는 사이에도, 익숙한 이름이 되어 늘 그 자리에 누워 있는 환자가 더 많았다. 어떤 환자는 늘 귀에 이어폰이 끼워져 있었다. 이어폰이 빠진 것 같으면 간병인이 다시 끼워주었다. 음악 하는 사람이었을까. 분명 음악을 좋아했던 사람일 것이다. 처치를 위해 자신의 이름이 불리면 이름과 주소를 달달 외는 90대 환자도 있었다. 다른 말을 하는 걸 본 적이 없었다. 열다섯 살 환자의 가느다란 팔다리를 볼 때마다 가영이 생각이 나서 힘들었다.

환자 한 명, 한 명의 바이털을 재며 마지막 인사를 했다. 빨리 나아서 가라든지, 아프지 말라든지, 그런 인사는 너무도 식상하여 안 하느니 못하다. 호흡수를 재면서, 그들 삶 옆에 잠시 서 있는 것으로 인사를 대신했다.

거꾸로 시작해서 마지막으로 1호실에 갔다. 지나가는 척하며 언뜻 보니, 장중진이 침대를 반 올려 기대앉아서 텔레비전을 보고 있었다. 장중진은 치료에 전념하기로 마음을 다잡았는지 소리를 지르지 않았다. 밥도, 약도 잘 먹었다. 절룩거려도 걸을 수 있다며 지팡이를 달라고 했었다. 아직 지팡이는 주지 않았지만, 침대에서 다리 움직이는 연습을 한다고 했다.

1호실 환자들에겐 내일 마지막 인사를 할 것이다. 장중진과 다른 환자 한 명의 바이털은 데이 근무 때 적힌 걸 그대로 적었다.

⑮
헛된 희망

　밤 10시, 나이트 근무 인계는 1호실 장중진 환자가 다음 주 월요일 퇴원한다는 내용으로 시작되었다.

　"집으로요? 병원비는 다 해결된 거예요?"

　"환자가 퇴원하겠다고 난리인데, 잡고 있는 것도 무리니까요. 교통사고 가해자랑 합의해서 합의금으로 병원비 낸대요. 합의금 더 받아내려고 죽어도 합의 안 한다 했었다는데."

　"보호자는 아직?"

　책임 간호사가 고개를 끄덕였다.

　"잘못된 전화번호가 아니라면, 정말 독한 보호자네요."

　홍 샘이 어깨를 으쓱하며 어이없어했다.

　인계가 끝나고 옷을 갈아입고 나오는 책임 간호사와 눈이 마주쳤지만 피했다.

　싱크대에서 주사기에 물을 넣고 빼는 연습을 했다. 한 손엔 물이 담긴 컵을 들고 한 손엔 주사기를 들었다. 5cc 주사기를 든 손, 중지로 피스톤을 끌어올렸다. 어느 정도 올라가고 멈췄다. 다시 처음부터 약지로 끌어당겼다. 4cc 정도까지 물이 올라갔다. 그다음엔 피스톤을 밀며 주사를 놓듯 연습했다. 손가락 힘 조절을 못 해, 한 번에 쭉 나가기도 하고 손이 떨려 바늘이 흔들거렸다. 비품 창고에 있는 리도카인을 생각했다. 뉴스에선 리도카인과 프로포폴 액을 함께 넣었다고 했다. 프로포폴 액도 병원에 있을 텐데 어디에 있는지 모른다. 리도카인을 어느 정도 주입해야 마취가 오는지도 모른다. 수액을 맞고 있는 상태에서 10cc 주사기의 바늘을 수액 줄에 찔러 피스톤을 누를 것이다. 주사기 안에는 리도카인이 가득 들어 있을 것이다. 그렇게 할 것이다.

반복해서 연습해야 하는데, 자꾸 바늘이 흔들렸다. 홍 샘이 말한 '다음 주'라는 글자가 싱크대에 떨어지는 물방울에 맺혀 흔들렸다. 또 눈이 뿌예지고 멀미가 일었다. 이러다 바늘에 찔릴 것 같았다. 잠시 멈추고 눈을 감았다.

월요일을 생각해 보았다. 나는 실습을 위해 출근한다. 홍 샘은 수액 세트 준비하는 법부터, 환자에게 놓은 법을 하나하나 가르쳐 줄 것이다. 나는 직접 해보진 못해도 내가 주사하게 될 그 순간을 생각하며 겁이 날 것이다. 그리고 홍 샘은 나를 데리고 다니며, 칭찬과 잔소리를 번갈아 하며 하나라도 가르쳐 주려 애쓸 것이다. 그 와중에 장중진이 퇴원을 하겠지. 퇴원하고 소양동 계단을 올라가겠지. 아니면 다른 어떤 곳으로 갈 수도 있겠지. 합의

금을 받았다니까, 병원에서 나를 보고 기겁했으니까 집으로 오진 않겠지. 어쩜 이대로 영원히 얼굴 마주 볼 일 없이 살 수 있지 않을까. 가영이도, 할머니도 장중진이 죽었다고 알고 있다. 나도 그렇게 믿고 살 수 있지 않을까.

간호조무사가 되어, 꿈숲에서 일하면서 해진이가 깨어날 수 있게 도와줄 수 있지 않을까. 밥을 찾는 환자에게 밥을 가져다주겠다며 위로할 수도 있지 않을까. 가영이 또래 환자에게 오빠처럼, 형처럼 농담이라도 들려줄 수 있지 않을까. 샘들에게 일 잘한다고 칭찬받으며, 서로 자기 병동으로 오라고 스카우트 제의도 받을 수 있지 않을까. 열심히 일해서 할머니와 가영이에게 선물도 하고 용돈도 줄 수 있지 않을까.

이 요양병원에 들어온 이유와 다음 주와 그다음 다음에 대한 희망이 멀미가 되고 두통이 되었다. 시간은 더디 흘렀다. 주사기 연습도 하지 않았고, 장중진에게 가지 않았다. 손발을 묶은 끈을 풀었다고 했다. 그만큼 발작도 하지 않고 몸 상태도 많이 좋아졌다는 뜻이다.

금요일 아침, 데이 근무 인계 시간이 되었다. 샘들이 한 마디씩 했다. 무슨 일 있었냐고, 얼굴이 창백하다고. 오늘 나이트 근무를 쉬라고 할까 봐 정신을 바짝 차리고 꼿꼿이 앉아 있었다. 인계가 끝나고, 나이트 근무 때 썼던 도구들을 정리하니 여덟 시가 넘었다. 옷을 갈아입으려고 가방을 들고 화장실로 갔다. 옷을 갈아입고 와서, 간호사실 샘들에게 퇴근 인사를 했다. 샘들이 어서 가라고 손짓했다.

수 샘이 휴대폰으로 전화를 받고 있었다. 전화를 받는 동안 수 샘은 눈만 끔벅이며 별 대답을 하지 않았다. 통화를 끝낸 수 샘의 표정이 좋지 않았다.

"회의 다녀올게요."

수 샘이 휴대폰을 들고 급히 나갔다.

"무슨 일이지? 아침부터?"

샘들이 서로 바라보며 어깨를 으쓱했다.

혹시, 약사들이 안 걸까? 팔이 떨려왔다. 더 이상 서 있을 수가 없었다. 엘리베이터를 타고 1층으로 내려갔다. 우선 잠을 자야겠다. 머리는 멈춰버린 것 같고, 속은 계속 울렁거렸다.

서 주임이 가훈 학생, 하며 알은체했는데 멈춰 설 수가 없었다. 병원 문을 나서는데 햅번 아줌마가 출근하며, 반가운 얼굴을 했지만 멈추지 않았다. 꿈숲 앞을 지나고 나서 뛰기 시작했다. 하지만 얼마 못 가 멈춰 섰다. 구역질이 날 것 같았다. 왜 이러는지 알 것 같지만, 모른 척하기로 한다. 내 몸에서 내 정신에서 보내오는 신호를 모른 척한다. 그래야 한다.

"야!"

소양동 계단을 힘겹게 올라가는데 누가 뛰어 내려가다 소리쳤다.

"이젠 아는 척도 안 하냐!"

세호 형인 걸 알고 있지만 대답할 기운도 없다.

"야, 오늘 중요한 약속 있어서 그냥 간다. 참, 우리 엄마 잘 살피고 있지?"

"미친 새끼."

"뭐? 너 요새 막 나가는 거 알아!"

세호가 계단을 다시 올라온다. 올라와서 나를 때렸으면 좋겠다. 주먹으로 날 내리쳐서 이 계단으로 처박았으면 좋겠다. 굴러 떨어졌으면 좋겠다. 씩씩거리며 올라온 세호가 내 앞에서 눈을 끔벅인다.

"어, 어디 아프냐?"

"너희 엄마, 네가 챙겨. 왜 나한테 지랄이야."

소리치고 싶은데, 말이 툭툭 땅으로 떨어졌다.

"알았어, 인마…… 얼른 가서 좀 자라."

세호가 두세 계단을 폴짝폴짝 뛰어 내려갔다.

"형. 세호 형."

"응? 왜?"

내가 힘없이 서 있자, 세호가 다시 올라왔다. 정신을 차리려 눈에 힘을 주었다.

"그때 그 말, 무슨 말이야?"

세호가 고개를 갸웃했다.

"네 엄마가 어떻게 죽은지나, 그렇게 말하다 말았잖아."

"아. 아니, 뭐. 어차피 죽었, 돌아가셨는데."

그냥 꺼낸 말이 아닌 것 같았다.

"말해."

"아, 우리 엄마가 말하지 말랬는데. 너희 아빠, 이제 이 동네 아예 안 오지?"

기다렸다. 세호 형의 입에서 너희 아빠란 말이 나오면서 뭔가 불안했지만 기다렸다. 엄마에 대한 이야기를.

"너희 엄마, 교통사고로 죽은 게 아니라……."

교통사고가 아니었다고? 주먹이 쥐어졌다.

"너희 아빠가, 너희 이모 아들을 잡아두고는 너희 엄마 있는데 말하라고 협박해서……. 자살했대. 너희 엄마가 결국 자살했다고."

세호 형은 내 눈치를 살피다 계단을 내려갔다.

그랬었구나. 그래서 엄마 장례식에도 갈 수 없었던 거였다. 할머니는 장중진이 무서워 말도 못 했겠지.

'내가 착각을 했었구나.'

나에게 다음 주는 없는 거였구나. 헛된 희망을 잠깐 품었던 나 자신을 경멸하며 집으로 갔다. 현관문을 열고 들어가, 그대로 부엌 바닥으로 엎어졌다.

어느 순간 눈이 떠졌다. 집 안은 컴컴하지만, 창문을 보니 아직 햇살이 붙어 있었다. 속이 울렁거리지 않았고, 배가 고팠다. 냉장고 문을 열어서 김치통과 햅번 아줌마가 주었던 반찬 통을 다 꺼냈다. 몇 시간이 되었는지도 모를 밥통의 밥을 꺼내 먹었다. 먹고 난 반찬과 밥을 쏟아부었다. 냉동실에 있는 얼음 조각들을 싱크대에 다 버렸다. 냉장고 전기코드를 뽑았다.

가방에서 봉투를 꺼냈다. 마지막 월세가 들어 있다. 지긋지긋한 집. 그래도 엄마를 기다리던 집.

돌담을 넘어 도망갔던 엄마는, 어느 날 나타나 나와 가영이를 데리고 숨어 살았다. 결국 한 달도 넘기지 못하고 장중진에게 끌려 다시 왔던 집. 장중진도 다시 잘해보자며 피식 웃기도 했었다. 그런데 며칠 지나자 그동안 쌓였던 분노를 퍼붓기 시작했다. 장중진의 분노는 멈추지 않았고, 엄마를 집에서 한 발자국도 못 나가게 했다. 엄마는 또 도망쳤다. 그 후에도 엄마는 나와 가영이를 데리고 도망갔지만, 장중진은 우리를 너무 잘 찾았다. 그 방법이 엄마의 주위 사람을 괴롭히는 거라는 건 알고 있었지만, 이모 아들을 납치한 줄은 몰랐다. 자신 때문에 남의 자식까지 괴롭힘을 당하니, 엄마는 장중진이 아예 찾을 수 없는 곳으로 가버린 것이다. 나와 가영이에게 마지막 인사도 못 하고.

2층 주인집으로 갔다. 월세를 담은 봉투를 내밀고 집을 비우겠다고 했다.

"할머니 집에 가니?"

20년을 산 집이다. 아는 척과 모르는 척 사이에서 주인은 자리를 지킨다.

"네. 집은 고물상에서 와서 치워주기로 했어요."

주인이 고개를 끄덕였다.

현관문을 열고, 장중진의 방문을 열었다. 가영이 방도 문을 열었다. 창문들도 다 열었다. 몸을 낮춰 들어온 바람이 현관으로 쉬 빠져나가지도 못한다. 쿰쿰한 냄새를 맡으며 집 안을 훑어보았다. 챙길 게 없다. 장중진의 50년, 나의 19년 삶이 고물상에 들어갈 비루한 살림살이 몇 개가 전부라니. 장중진의 방문 앞에 털썩 주저앉았다.

삭제하기 쉽겠다. delete키를 눌러 작업한 걸 지우듯, ×표를 눌러 잘못된 글자를 지우듯 이 세상에 있었던 장중진과 나를 삭제하기. 그래서 없었던 존재가 되기. 이게 내 삶의 이유라고 생각해 본다. 그렇게 생각하니 조금 힘이 생겼다.

가영이에게 전화를 걸었다. 복지관에서 공부하고 있다고 자랑했었다. 오늘도 복지관인지, 전화 목소리를 일부러 낮춰 말했다.

"오빠, 언제 와?"

"자격증 따려면 아직도 멀었어. 일 년은 있어야 된대."

"그래……."

"설마 우는 거 아니지?"

일부러 놀리듯 말했다.

"안 울거든! 읍."

소리를 빽 지르곤 입을 막는 소리가 들렸다. 다행이다. 가영이가 다른 사람들과 소통을 시작했으니.

가영이에게 편지를 써서 가방에 넣었다. 오빠 멀리 가는 거 아니라고. 언제든 볼 수 있다고. 이제 정말 아빠가 없으니 마음 놓고 살라고.

⑯
약품 도난 사건

금요일 저녁, 8시쯤 병원으로 갔다. 서 주임은 없고 다른 직원이 로비를 지키고 있었다. 지금 바로 3병동으로 간다면, 인계 시간까지 마음대로 움직일 수가 없다. 망설이다가 7병동으로 갔다.

12호실 문을 열고 들어가자, 간병인이 반겼다.

"아까 왜 전화 안 받았나? 내 햅번이한테 물어서 전화했는데?"

"아……."

모르는 번호로 전화가 왔지만 받지 않았었다.

"오늘 새벽에 토하고, 얼굴 찡그리고……. 어제 왔던 그 가시내가 가고 나서부터 영 안 좋아. 여태 안 하던 불편한 티를 막 내더라고. 그래서 가훈 학생이 오면 좀 나아질까 싶어서 전화했었지."

해진이를 내려다보았다. 이마와 눈 밑에 찡그린 자국이 남아 있었다. 땀이 나는지 얼굴 전체가 끈적해 보였다. 마음이 들끓어,

그 열이 바깥으로 솟아나는 것 같았다.

"친구였어요?"

"아니. 언젠가 서진이 엄마가 얘기했던 그 가시나 같으구만. 어떤 유부남 톱스타랑 사귄다고 거짓부렁이 제보하고, 지 혼자 다른 무슨 걸그룹인가 뭔가 들어갔다는. 그 가시나가 와서 뭐라고 했는지. 지 편하자고 아무 말이나 지껄이고 갔겠지. 몸이 굳었지, 마음이 굳었는가. 다 느낀다고. 우야믄 좋을까."

간병인이 속상한 마음을 털어놓았다.

"저, 해진이한테 얘기 좀 하고 싶어요."

"그래, 나는 밖에서 텔레비전 보고 있을게."

간병인이 문을 반쯤 열어놓고 나갔다.

의자를 당겨 침대 옆에 앉았다. 무슨 말을 해야 할까. 대화라고 할 만큼의 이야기를 나눠 본 적이 없어서 더 어색했다. 하지만 이제 해진와 만날 수도 없을 테니 무슨 말이든 하고 싶었다.

"성해진! 많이 속상하지? 그러니까 빨리 일어나. 내가 아는 성해진은 그런 거 참지 않거든."

'내가 누워 있고 싶어서 이러고 있냐!'

해진이는 눈을 감고 있는데도 빽 소리를 지를 것 같았다.

"의사들은 너한테 할 만큼 했대. 이제 신과 너의 차례야."

해진의 오른쪽 뺨이 실룩하며 이마에 살짝 주름이 잡혔다. 손을 뻗어 해진의 머리를 쓸며, 조금 자란 머리카락을 한쪽으로 밀었다. 손목에 걸린 묵주가 해진의 이마에 닿았다.

"참, 너한테 부탁이 있어. 이 묵주, 우리 가영이한테 전해 줘. 가영이 알지? 뭐, 네가 껴도 좋지만 네 스타일 아니잖아."

쭉 뻗어 움직이지 못하는 해진이의 팔을 들었다. 그리고 내 팔목에서 해진이 팔목으로 묵주를 옮겼다.

'패륜아의 묵주라고 싫어하지 말아줘. 묵주는 신의 것이고 신의 보호를 바라며 끼고 있었어. 하지만 세상엔 신이 닿을 수 없는 부분이 있는 것 같아. 너에게는 꼭 닿기를 바랄게.'

해진의 얼굴을 한 번 더 보고, 병실을 나왔다.

"오늘도 야간이라?"

"네."

간병인에게 꾸벅 인사하고, 계단을 내려갔다. 내려가다 흠칫 놀라서 몸을 숨겼다. 3층 엘리베이터 안으로 순경 옷을 입은 여자의 뒷모습이 보였다. 무슨 일일까. 병원에서 신고를 한 걸까.

중환자실은 조용했다. 늘 조용하지만, 오늘 왠지 더 싸한 느낌이 들었다. 화장실에서 옷을 갈아입고 나왔다.

"학생, 학생은 전화번호가 뭐야?"

"네?"

"학원에서 보내온 서류에 있는 전화번호에 집 전화번호만 써 있고, 아무리 걸어도 연결도 안 되고."

일부러 집 전화번호를 썼다. 집 전화는 코드를 빼놓은 지 오래였다.

"무슨 일로……."

가슴이 두근두근 뛰었다.

"좀 있다 수 샘 오시면 들어요."

리도카인 때문에 경찰에 신고한 걸까. 내가 범인이라는 걸 알 게 된 걸까? CCTV에 찍힌 걸까.

나이트 근무 샘들이 출근했다.

"도대체 언제 없어졌다는 거예요?"

"그러게, 잠도 한숨 못 잤네."

"난, 약국 있는 6층에 안 간 지 한 달도 넘은 거 같네."

리도카인이 없어져 경찰이 온 게 맞았다. 샘들은 모두 연락을 받고 알고 있었다. 얼굴이 붉어지고 심장이 튀어나갈 듯 뛰었다. 하루만, 아니 오늘 밤만 지나면 된다.

싱크대로 돌아서, 찬장 문을 열었다. 무엇이든 해야 했다. 알코올 솜을 잔뜩 담은 비닐봉지를 꺼냈다. 빈 통을 꺼내려고 냉장고 문을 열었는데, 통 가득 알코올에 적신 솜이 있었다.

수액, 수액을 가져와야겠다. 카트를 끄는데 수 샘이 들어왔다. 표정이 굳어 있었고, 나를 바라보지 않았다. 볼 때마다 내 팔을 두드려 주던 샘이었다.

"여기 모두 앉으세요."

간호사실 가운데 둥그런 탁자에 나이트 근무 샘 두 명과 내가 앉았다. 수 샘도 앉았다.

"샘들은 이미 연락받아서 알고 있고, 학생은 연락이 안 돼서. 음, 약국에서 약품이 없어졌어요. 그것도 통째로."

어깨가 점점 움츠러드는 것 같았다. 허벅지에 올려놓은 두 손을 꼭 맞잡았다.

"작년에도 한 번 약품 도난 사건이 있었기 때문에, 이번에는 어쩔 수 없이 경찰에 신고한 상태예요."

수 샘이 우리를, 아니 나를 더 유심히 보는 것 같았다. 약국에 가는 사람은 거의 신입 조무사나 학생들이었다.

"CCTV 확인했대요?"

최 샘이 물었다.

"확인했답니다. 그런데 들고 나는 사람은 찍혀 있는데, 약장 쪽은 보이지 않아서⋯⋯."

나는 아무 말도 못 하고 듣기만 했다.

"약이 언제 없어졌는지, 약사들이 확실히 모르고 있어요. 요양 병원에선 잘 안 쓰는 약이니까. 그래서 일주일 동안 CCTV에 찍힌 사람들은 모두 경찰이 조사하고 있어요. 나이트 근무 샘 중에서도 있어서 경찰이 지금 기다리고 있으니까, 최 샘과 학생은 7층 회의실로 가 봐요."

이 밤만 보내면 된다. 이 밤만 보내면 된다. 입 밖으로 주문이 새어 나갈까 봐 입술을 꼭 물었다. 최 샘도 긴장했는지 뻣뻣하게 앞서 걸었다. 회의실은 7층 6호실에서 7호실로 돌아가는 복도 끝에 있었다. 문을 열고 최 샘이 먼저 들어가고, 내가 들어갔다.

"이리 앉으세요."

기다란 탁자 가운데에 김 순경이 서서 우리를 맞았다. 김 순경은 나를 보고도 별로 놀라지 않았다. 나도 어쩌면 김 순경이 왔을지도 모른다는 생각을 하고 있었다. 최 샘과 내가 앉았고 맞은편에 김 순경이 노트를 펴놓고 앉았다. 김 순경은 선뜻 나를 알은 척 안 했다. 잠시 생각하던 김 순경이 말했다.

"한 사람씩 조사할 거예요. 먼저 조무사님 하시고 일하러 가시면 됩니다."

"아, 네. 아니, 약사들도 웃기네. 어떻게 통째로 없어진 것도 몰랐대요?"

최 샘의 목소리는 조금 크고 떨렸다. 아무리 죄가 없어도 경찰 앞에 서면 떨리기 마련이다.

"혹시 다른 직원들한테 들은 건 없습니까?"

"아이구, 그런 얘기를 하겠어요?"

"그렇겠죠?"

"훔쳐 간 사람도 참, 하나씩 가져갈 것이지. 아니……. 사실 개인병원에서도 주사니, 약이니 이런 거 조금씩 가져가기도 하니까요."

"그런가요?"

"아, 아니 다 그렇다는 게 아니고……. 근데, 왜 CCTV에 찍힌 사람만 조사해요? 안 찍힐 수도 있잖아요. 이 병원 드나드는 사람이 한두 사람도 아니고. 영화나 그런 거 보면 왜 생각지도 않았던 사람이 범인인 경우도 많잖아요."

최 샘은 뭐가 짜릿한지 어깨를 부르르 떨었다.

"그러게요. 전혀 엉뚱한, 전혀 모르는 사람이 범인이었으면 좋겠네요. 최 조무사님은 가셔도 됩니다."

최 샘이 엉거주춤 일어섰다.

"학생은 언제부터 여기서 실습했어요?"

김 순경이 바로 내게 질문했다. 최 샘이 고개를 까딱하고 회의실을 나갔다.

"한 달 다 되어갑니다."

"한 달……."

김 순경이 볼펜을 노트에 톡톡 치며 나를 보았다.

"그래서 가영이를 할머니 댁에 보낸 거였구나."

"네."

"아버지는?"

당연히 나올 질문이었다. 지긋지긋한 질문. 아버지는. 아버지는. 아버지는……. 갑자기 화가 치밀었다.

"우리 아버지한테도 그렇게 질문했었어요? 가훈이는 어디에 있나요? 가훈이, 가영이 밥은 먹었나요? 가훈이 학교는 갔나요?

가훈이는, 가영이는 무얼 하고 있나요? 그런 거 한 번도 안 물었잖아요. 우리 사정 뻔히 알면서. 귀찮아서 피하고, 바빠서 피하고, 동네에 나쁜 소문날까 피하고……."

김 순경이 눈을 내리깔았다.

"웃긴 놈이죠. 가족 문제를 엉뚱한 곳에다 화풀이하고 있네요. 걱정하지 마세요. 이젠 신고도, 원망도 안 할 거니까."

몸이 부르르 떨렸다. 또 속이 울렁거렸다. 들키지 않으려 어깨에 힘을 주었다.

"일은 힘들지 않니?"

"괜찮습니다."

"CCTV를 보고 명단 확인하면서 좀 놀랐어. 전에 만났을 때도 실습 얘기는 안 해서……. 네 입을 점점 막은 게 우리 어른들이겠지."

"저, 일하러 가야 돼요. 인계하는 것도 들어야 하고……."

빨리 이 자리를 벗어나고 싶었다. 김 순경과 얘기하다 보면 이런저런 말을 많이 하게 된다.

"오늘은 CCTV에 찍힌 사람들만 우선 조사를 하고, 범인을 못 잡으면 정밀분석을 하게 될 거야. 그전에 자백이라도 나오면 좋은데……. 혹시, 없어진 약에 대해서 좀 아니?"

"제가 어떻게 알아요? 혈압 재고 체온 재고 그런 것도 겨우 하는데……."

"그래……. 가서 일해. 참, 실습생도 야간 근무를 하니?"

"뭐……."

김 순경이 나를 지긋이 바라보고 있다. 빨리 이 자리를 피해야 한다. 인사를 꾸벅하고 문을 열었다.

"가훈아."

김 순경이 불렀지만 열린 문으로 다른 병동 조무사 두 명이 들어왔다.

'지금은 아니에요. 이 밤이 지나면, 이 밤이 지나면……. 찾아 갈게요.'

계단으로 내려가며 심호흡을 했다.

3병동으로 들어가기 전, 휴대폰 진동이 울렸다. 햅번 아줌마였다. 왜 이 시간에 전화했을까. 받지 않으려다 혹시 가영이 때문인가 싶어 전화를 받았다.

"가훈아."

"네, 무슨 일이세요? 저 근무 들어가야……."

"그렇지? 가훈아, 나 지금 꿈숲 앞에 있는데, 아직 나이트 근무 시간 아니지? 잠깐 나올래?"

아직 근무 시간은 아니었지만 그럴 수 없었다. 그런데 햅번 아줌마가 지금 이 시간에 꿈숲 앞에 있는 게 이상했다.

"무슨 일 있으세요? 내려갈 순 없어요."

아줌마는 잠시 아무 말도 하지 않았다.

"가훈아, 여기 참 좋다. 네 덕분에 꿈숲 알게 돼서 고마워."

아줌마의 목소리를 들으며, 계단 옆 유리로 꿈숲을 내려다보았다. 가로등 불빛이 꿈숲을 밝히고 있었다. 햅번 아줌마의 모습은 보이지 않았다.

"여기, 가영이랑 해진이랑 너랑 또 오고 싶다."

"왜 갑자기……."

"가훈아, 난 요즘 참 행복했어. 만날 샘들한테 구박만 받았는데 많이 나아졌다고, 꼭 조무사 하라는 칭찬도 들었고. 해진이와 다른 환자들에게 조금이라도 도움을 줄 수 있다는 게 좋았어. 그 중에 제일 좋은 건 가훈이와 가영이를 알게 된 거야."

아줌마의 목소리가 떨렸다. 울고 있는 것 같다. 아줌마는 나에 대해 알게 된 걸까. 가영이에게 무슨 얘기를 들은 걸까.

"아줌마, 저 병동에 들어가야 해요. 지금 엄청 바빠서요."

전화를 끊고 간호사실로 갔다. 수 샘이 퇴근하지 않고 기다리고 있었다. 나는 입을 다문 채 웃어 보였다.

"울었어?"

"네?"

손을 뺨에 대보니, 무슨 물 같은 게 묻어 있었다. 눈을 끔벅이니, 남아 있던 눈물이 손등에 묻었다. 언제 눈물이란 게 흐른 건지, 당황스러웠다.

"아, 도, 동생이 전화 와서……."

얼버무리며 두 손으로 얼굴을 쓸어 닦았다.

"얘기가 길었네?"

"우리 동네 순경님이라서 동네 얘기 좀 했어요."

수 샘 휴대폰이 울렸다.

"왜요? 아, 알겠습니다."

수 샘이 전화를 끊자, 책임과 최 샘이 무슨 일이냐는 표정으로 수 샘을 보았다.

"아니, 뭐⋯⋯."

무슨 전화일까. 김 순경이 전화를 한 것일까. 내가 뭘 잘못 말했나? 김 순경과 나눴던 얘기들을 떠올려 보았다. 잘 생각이 나지 않았다. 아버지는? 이라고 물어서 뭐라고 대거리를 막 한 것 같은데.

수 샘이 퇴근했다. 나이트 근무가 시작되었다. 책임 간호사와 홍 샘은 약품 도난 사건에 대해 속닥거리며 일했다. 나는 물품 정리를 하고, 오늘 하루 환자들의 바이털 체크판을 보았다. 하루 동안 환자들의 바이털 변화를 체크해야 하는데, 보기만 할 뿐, 어떤 것도 눈에 들어오지 않았다. 머리를 흔들어 정신을 차리고 차트판을 다시 보았다. 1호실엔 장중진과 또 다른 환자 한 명이 계속 있었다. 다른 환자는 의식 없이 산소통을 달고 있는 환자였다.

🕖
지옥이 있다면

자정이 지나고 있다. 시간은 더디 흐른다. 최 샘과 수액의 남은 양과 시간을 체크하러 병실을 다녔다. 중환자실이라, 수액을 계속 이어 맞는 환자들이 많았다. 수액의 양과 속도를 줄여, 되도록 새벽에 환자와 간병인을 깨우지 않으려 한다.

새벽 2시, 책임 간호사가 간호사실 앞 벽에 붙은 커다란 모니터를 확인했다. 심전도를 달고 있는 환자들의 상태가 숫자와 그래프로 조금씩 변하면서 표시되고 있었다. 한눈에 들어오지도 않는 커다란 모니터인데, 한 번 힐긋 보고는 놀라서 병실로 뛰어가는 샘들을 보며 놀라기도 했었다. 모두 깊이 잠든 밤이었지만 책임 간호사는 꼼꼼하게 확인하며 컴퓨터에 기록한다.

"학생도 잠깐 쉬어."

"네. 저, 재활치료실 가서 조금만 쉬었다 올게요."

"그래."

재활치료실에는 가운데에 커다란 평상이 있다. 낮에는 그 자

리에서 환자들의 재활 치료를 하지만, 밤에는 비어 있어 눕기에
좋았다.

재활치료실로 가려면 1호실에서 돌아가야 한다. 가다가 복
도 중간에 있는 비품 창고를 열었다. 이불과 쓰지 않는 물품들
이 쌓여 있다. 물품들 뒤쪽 맨 밑에서 봉투를 꺼냈다. 리도카인과
50cc 주사기 6개가 들어 있다. 조용히 비품 창고 문을 닫고 화
장실로 갔다. 1호실 문은 닫혀 있다. 남자 화장실 안에는 두 개의
칸이 있다. 한 칸에 들어가 문을 잠갔다.

변기에 앉아 바로 리도카인 상자를 열었다. 20cc짜리 약병이
20개 들어 있었다. 약상자를 뜯었다.

리도카인.

마취 활성이 신속하게 발현하며 강력하고 지속적인 마취제.

건강인 하루 사용량은 300mg이나, 상태에 따라 소량으로도
쇼크가 올 수 있다.

인터넷에 리도카인을 검색했을 때 나온 많은 내용 중, 눈에 들
어온 문장은 겨우 두 문장 정도였다. 이런저런 증상의 치료에 쓴
다지만, 내가 지금 하려고 하는 일은 치료가 아니니까. 발작, 쇼
크, 마취, 부작용 등의 단어만 찾아 읽었다. 사망이란 직접적인
단어는 보이지 않았지만, 분명 뉴스에선 리도카인으로 인해 사
망했다고 했다.

약병의 뚜껑을 따자, 고무로 된 뚜껑이 막고 있었다. 주사기에

서 바늘 뚜껑을 입에 물어 빼고 고무 뚜껑을 찔렀다. 50cc의 주사기 피스톤은 당기기가 힘들었다. 엄지로 피스톤을 밀어 올리며 겨우 20cc의 리도카인을 담았다. 주사기가 흔들릴 정도로 손이 떨렸다. 잠시 멈췄지만, 다시 당겼다. 생각이란 걸 하지 않을 거다. 생각은 충분히 했다.

리셋은 없다. 파워 오프만 있을 뿐. 다른 리도카인 병을 따고 또 주사기를 찔렀다. 처음 피스톤을 당기는 건 힘들었지만, 20cc가 들어간 후 당기기가 쉬웠다. 금방 40cc가 채워졌다. 50cc 주사기 하나를 채우고 다른 주사기를 또 만들었다. 세 개, 네 개. 만들어 가는 동안 점점 힘이 빠졌다. 시간도 벌써 세 시가 되었다. 너무 오래 있으면 안 된다. 최 샘이 찾을지도 모른다. 다섯 개째 주사기의 피스톤을 당겼다. 힘 조절이 되지 않았다. 너무 당겼는지 바늘이 빠졌다. 다시 찌르려다 약병을 든 손 엄지를 찔렀다. 순간 주사기를 떨어뜨리고, 찔린 부분의 피를 짜냈다. 아프지 않았다. 다시 주사기를 찔러 리도카인을 채웠다. 마지막 여섯 개째 주사기를 만들었다. 모두 300cc가 된다. 씨씨(cc)란 단어는 밀리그램과 같다고 했다. 주사기 6개를 비닐봉투에 담아 화장실 변기 뚜껑을 열고 그 안에 두었다.

간호사실로 갔다. 최 샘이 있고, 책임 간호사는 보이지 않았다. 탈의실에 휴식하러 갔을 것이다.

"샘, 혹시 제가 뭐 할 일 있을까요?"

"음, 그럼 아침 투약할 약, 약병에 나눠 담아 줄래?"

"네."

"그거 해 놓고 5시까지는 좀 쉬어도 돼."

"네."

주사 준비대에 물약으로 처방된 약병이 몇 개 있었다. 환자의 처방에 따라 그 물약을 조그만 약병에 담으면 된다. 약 이름과 용량, 환자 이름을 확인하며 물약을 나눠 담았다. 처음엔 하루 종일 걸릴 것만 같았던 일이라, 손을 발발 떨며 했었던 기억이 났다. 이것도 오늘이 마지막이다. 병원이란 곳, 이곳 자체가 마지막이다.

갑자기 간호사실 전화가 울렸다. 새벽 세 시가 넘은 시간인데 놀라서 돌아보았다.

"네, 꿈숲 요양……. 네. 네. 지금요? 네, 알겠습니다. 지금 보낼게요."

최 샘이 전화를 끊고 고개를 갸웃하며 모니터에서 뭔가를 찾았다. 무슨 일이냐고 묻고 싶지만, 학생으로서 할 질문은 아니었다.

약병을 만들어 놓고 간호사실을 훑어보았다. 최 샘은 모니터 앞에 팔을 베고 엎드려 있었다. 천천히 복도를 걸었다. 실습 온 첫날부터 만났던 환자들의 얼굴이, 목소리가, 이야기가 따라온다. 나를 혼내고 잔소리하고 이끌어주던 샘들도 따라온다. 1호실 앞에서 따라오던 사람들을 끊어냈다.

화장실로 들어갔다. 변기 물통에서 주사기가 든 봉투를 꺼내서 주사기만 양쪽 바지 주머니에 나눠 담았다.

심호흡을 하고 1호실 문을 밀었다. 소리 없이 문이 밀려갔다. 간병인은 이불을 머리까지 쓰고 자고 있었다. 장중진도 자고 있었다. 손등에 놓은 수액은 24시간 맞는 거여서 천천히 떨어지고 있었다. 두 손과 두 발은 묶여 있지 않았다. 수면등에 비친 장중진의 얼굴은 편안해 보였다. 숨바꼭질이 끝나고 자신의 분노를 다 풀어내고 잠든 편안한 얼굴의 장중진, 그 모습이었다.

'아빠.'

소리 내 부르지 않았다. 깨우지 않을 것이다. 깨워서 실랑이할 힘도 없다. 조용히 링거줄로 리도카인을 주입하기만 하면 된다. 리도카인이 들어가 장중진의 잠을 깊이, 더 깊이 재워주면 된다. 손끝에서 올라간 리도카인이 심장으로 들어가 심장을, 멈춰주면 된다. 아니면, 몸을 마비시켜 다시는 스스로 먹지 못하고, 무엇도 잡지 못하고, 어디도 걷지 못하게 하면 된다. 꼼짝도 못하는 고통스러운 시간 속을 오래오래, 내가 술래가 되어 찾아갈 것이다.

링거줄을 잡았다. 링거줄에 달려 있는 조그만 바퀴를 밑으로 굴렸다. 수액 방울이 빨리 떨어졌다.

손을 바지 주머니에 넣었다. 주사기가 만져졌다. 침이 꿀꺽 넘어갔다. 침 소리가 너무 큰 것 같아 멈칫했다. 장중진이 몸을 움직여 벽을 보고 돌아누웠다. 링거를 맞는 손이 허리 위에 올려졌다.

주사기를 잡은 손과 팔이 굳은 듯 움직여지지 않았다. 갑자기 햅번 아줌마가 내 옆에 서서 내 손을 누르는 것 같았다.

'안 돼. 가훈아.'

손이 떨려 주사기가 마구 흔들렸다. 아니, 눈이 뿌예져 주사기가 잘 보이지 않았다.

'아니야, 생각하지 마. 그냥 하려던 걸 하면 돼.'

내가 장가훈에게 말했다. 장중진의 아들 장가훈에게. 장가훈은 눈을 감는다. 천천히, 조용히 숨을 내쉬고 들이마신다. 햅번 아줌마를 밀어낸다. 수액 팩을 한 손으로 잡는다. 주사기를 든 손을 입 가까이 가지고 간다. 입술로 주삿바늘 뚜껑을 물고 당긴다. 수면등에 날카로운 주삿바늘이 보인다. 피스톤을 살짝 밀어 리도카인 한 방울을 흘려보낸다.

그다음 왼손으로 링거줄을 잡고, 주삿바늘을 링거줄에 찌른다. 이제 피스톤을 누르면 된다. 엄지를 피스톤의 위에 대고 네 손가락으로 주사기를 꽉 잡았다. 천천히……. 피스톤을 누르기만 하면 수액을 따라, 리도카인이 링거줄을 타고 장중진의 손등으로 들어갈 것이다. 손등의 혈관을 따라 팔을 지나갈 것이고, 혈관을 따라 온몸을 돈 리도카인은 장중진의 심장으로 들어갈 것이다.

피스톤 위 엄지가 떨렸다. 소리 나지 않게 심호흡을 했다.

'제발, 피스톤을 눌러!'

내가 또 장가훈에게 소리쳤다.

순간, 주머니에 있던 휴대폰에서 진동이 울렸다. 햅번 아줌마일까? 가영일까? 주머니에서 휴대폰을 꺼낼 수 없었다. 조용한 병실이라 진동의 울림이 크게 들렸다. 할 수 없이 한 손으로 링거줄과 주사기를 잡고, 한 손으로 휴대폰을 꺼내려다 휴대폰을 놓쳤다. 급하게 바닥에 떨어진 휴대폰을 주웠다.

갑자기 장중진이 머리를 쳐들었다.

주사기와 전화기를 든 채 장중진과 눈이 마주쳤다.

"너, 그, 그거 뭐야? 무, 슨 주사야?"

장중진이 마른침을 삼키며 몸을 부들부들 떨었다. 휴대폰을 주머니에 넣고, 수액 줄에 꽂혀있는 주사기를 꽉 잡았다.

"아빠."

마지막으로 불러 본다. 수면등에 비친 장중진의 눈동자에 핏발이 섰다.

"이제 나는 아빠라는 사람을 죽일 거예요. 오랫동안 꿈꿔 왔던 일이에요. 이 시간 이후로 이 세상에서 당신과 내가 만나는 일은 없어요. 지옥……. 그곳이 있다면 우리의 다음 만날 장소가 될 거예요. 그래야 진정한 지옥이잖아요. 그렇죠?"

담담하게 말이 나왔다. 더 이상 가슴이 두근거리지도 않았다.

"뭐, 뭐시, 이런 후레자식을……."

장중진은 아직도 자신이 화를 내면 움찔하는 아들이 앞에 있는 줄 아는 모양이었다.

"아빠. 먼저 가 있어요. 먼저 가더라도 엄마는 찾지 말아요. 난 조금만 더 있다 갈게요. 가영이, 가영이가 스무 살 될 때까지만 이 세상에 있을게요."

"아니, 아니야……. 가, 가훈아……."

장중진이 링거를 맞지 않는 다른 손을 휘휘 저었다.

장중진과 작별하듯 나는 잠시 눈을 감았다가 떴다. 그리고 주사기를 다시 똑바로 잡고 엄지를 피스톤 위로 올렸다.

순간 휴대폰 진동이 또 울렸다. 이상했다. 이 새벽에 두 번이나 전화가 오다니. 가영이에게 무슨 일이 있는 건가? 할머니에게? 진동이 몸을 타고 손까지 전해졌다. 주사기를 잡았던 한 손을 내려 휴대폰을 잡았다.

"간병인! 일어나 보라고! 이놈이!"

기어이 장중진이 악을 쓰며 수액 줄을 확 당겼다. 링거 봉이 쓰러지며 요란한 소리가 났다. 수액 줄에 꽂힌 주사기가 떨어져 침대 밑으로 굴러갔다.

"와, 또 그라요!"

간병인이 짜증을 부렸다.

장중진이 씩씩거리며 나를 노려보았다. 아직 숨바꼭질은 끝나지 않았다는 눈빛으로. 자신이 이겼다는 생각이 들었는지 입을 비죽거리기까지 했다.

　나는 천천히 몸을 숙여 주사기가 굴러간 곳으로 손을 뻗쳤다. 오늘 이후의 삶은 생각하지 않았기에, 주사기를 다시 잡아야 했다. 주머니에선 여전히 휴대폰이 울리고, 눈앞이 뿌예졌다. 무슨 물 같은 것이 몇 방울 떨어졌다.

　"여기서 뭐 하요?"

　간병인이 일어났는지, 내 뒤에서 물었다.

　"내, 내가 말했잖아. 이, 이놈이⋯⋯."

　"이 학생이 뭐요?"

　간병인이 장중진과 나를 번갈아 보았다.

　"수액 점검 왔는데요. 잠시 후에 다시 올게요."

　주사기를 주워들고 병실을 나왔다. 화장실로 갔다. 아까 버렸던 봉투를 찾아 주머니에 있던 주사기들을 담아, 변기 물통에 넣었다. 장중진의 고함소리와 간병인이 놀라는 소리와 최 샘의 목소리가 섞여 복도를 울렸다. 최 샘이 장중진의 수액을 다시 정리할 것이다.

　변기 위에 앉았다. 침을 삼키고 여전히 울리는 전화를 받았다.

　"아이고, 내, 내 서진이 간병인인데⋯⋯."

　손 여사님이 전화를 한 거였다.

　"아, 네. 무슨 일로⋯⋯."

　"서진, 서진이가 막 소, 손을 우, 움직, 움직이서⋯⋯. 간호사

슨생이 보고, 워, 원장한테 연락해서리……. 온다고 하고, 서진이 엄마한테도 연락했고. 내, 도저히 못 참아가 전화 안 했나……."

해진이가 많이 아프단 얘긴가, 또 토하고 그런단 얘긴가, 언뜻 이해가 되질 않았다.

"해진이가 계속 아프다고요?"

입이 말라서 겨우 물었다.

"아이라! 움직인다니까. 지 스스로 손을 움직있다니까!"

전화기 속에서 간병인이 소리쳤다.

"움직여요? 해진이가요? 해진이가 깨어났다고요?"

믿을 수 없는 말이 전화 속에서 왕왕 울렸다.

전화를 끊었다. 복도로 나갔다. 병실에서 간병인들이 나와서 웅성거리고 있었다.

"누가 뛰쳐 나간기라?"

"저기 1호실 환자가 링거도 다 뽑아버리고, 절룩거림서 나간 기라. 간호사들하고 간병인이 잡으러 나갔어."

간병인들의 말이 들렸다. 소름이 끼쳤다. 장중진이 3병동을 나간 거였다. 간호사실이 비어 있어서 어떻게 해야 할지 몰라, 스테이션 앞에 서 있었다. 그때 자동문이 열리며 김 순경이 들어왔다. 시계를 봤다. 새벽 4시 30분. 김 순경 손엔 A4 종이가 들려 있었다. 아무 말도 못 하고 움직이지도 못했다.

"여기 아버지가 입원해 있더구나."

김 순경이 종이를 들어 보이며 말했다.

"리도카인, 어쨌니?"

"무슨 말이에요? 왜 나한테……."

해야 할 일을 아직 끝내지 못했다. 시간은 남아 있다.

"병실 복도마다 CCTV 있는 거 몰랐니? 네가 왜 그랬을까 생각하다가, 환자 명단을 확인했고."

침이 꿀꺽 넘어갔다. 김 순경의 눈을 바라볼 수가 없었다.

"아우, 정말. 뭔 일이야. 아이구 두야……."

책임 간호사가 중얼거리며 들어왔다. 그 뒤로 최 샘이 들어오고 간병인에 팔을 잡힌 장중진이 들어오고 있었다. 장중진은 고개를 푹 숙이고 숨을 몰아쉬었다. 순간 나는 몸을 돌려 간호사실을 지나 8호실로 들어가 버렸다.

"어머, 이 시간에 어쩐 일로?"

책임 간호사가 김 순경을 보며 놀라서 물었다.

"아, 김 순경. 잘 왔네. 잘 왔어. 그놈 잡으러 왔지. 그놈. 아까도, 아까도 내 죽일라고……. 쳇, 내가 그리 호락호락한 줄 알아? 어림도 없지. 어린 개쌍놈의 새끼가……."

장중진이 숨을 헉헉거리며 말하는 소리가 들렸다.

"장중진 씨. 가정 폭력과 성추행 혐의로 고소가 들어왔어요. 벌써 두 달이 넘었네요. 월요일 퇴원이시죠? 퇴원 여부는 의사 선생님과 상의할 거고요. 퇴원하면 바로 경찰서 가셔야 합니다.

퇴원까진 저희가 병실을 지킬 겁니다."

"뭐, 뭐라카요? 내, 내가 언제! 내가, 어!"

"어, 어!"

"잡아요, 잡아!"

또 고함을 치고 뛰쳐나가는 소리가 들렸다. 간호사실로 가보았다. 머리를 스테이션에 박고 힘들어하는 책임 간호사가 혼자서 있었다. 장중진이 보이지 않았다. 김 순경도 간병인도 최 샘도 보이지 않았다. 여자와 남자의 고함소리가 병원을 울렸다.

"가정폭력? 성추행? 그러니, 매일 아들이 죽이러 온다고 발작했겠지. 내일 당장 퇴원시키고 감옥 보내야지."

책임 간호사가 씩씩거리며 모니터 앞에 앉았다.

고소 취하한다고 했었는데, 김 순경은 장중진을 계속 찾고 있었던 걸까. 문을 나가서 엘리베이터 앞에 섰다. 위층으로 도망간 걸까. 1층으로 간 걸까. 소리가 들리는 곳이 어딘지 가늠이 되지 않았다.

"안 돼요!"

"안 돼!"

"으아악!"

고함소리와 차가 끼익 도로를 긁는 소리에, 쿵 소리가 들렸다. 차 몇 대가 이어서 끼익끼익거렸다.

"아악!"

"어떡해……."

1층으로 달려 내려갔다. 로비엔 아무도 없었다. 로비를 나갔다. 모두 도로를 보고 있었다. 도로에 차 몇 대가 이리저리 멈춰 있고……. 중앙분리대에 한 사람이 부딪혀 있었다. 몸은 구부러져 있고 두 팔은 머리 위로 뻗친 채…….

사람들 사이로, 멈춘 차들 사이로 걸어갔다. 허방다리를 짚는 듯 다리에 힘이 들어가지 않았다. 속이 울렁거리고 머리가 아파왔다. 가까이 가자 끈적한 액체가 밟혔다. 장중진이 눈을 치뜬 채 몸을 부들부들 떨고 있었다. 어딘가를 보고 있지만, 초점이 없다. 장중진의 눈이 향한 곳은 어둠에 싸인 꿈숲이었다.

꿈숲을 향했던 눈이 천천히 내게로 옮겨졌다. 눈에서 뭔가 흐른다. 눈물일까, 피일까. 장중진의 입이 힘겹게 움직인다.

"씨이, 벌……."

장중진의 고개가 툭 떨어지고 눈이 감겼다.

무릎이 꺾였다. 장중진의 어깨를 잡았다. 환자복만 당겨질 뿐 장중진의 목과 머리는 땅바닥에서 떨어질 줄 몰랐다. 장중진을 흔들었다.

"안 돼, 죽지 마! 당신은 이렇게 죽으면 안 돼. 살아, 살라고. 더 고통스럽게 살란 말이야. 누구 맘대로 죽어. 누구 맘대로 죽냐고. 죽지 마! 죽지 말라고……."

나는 자꾸 걷고 있었어.

어디로 가고 있었는지는 모르겠어. 걷다 보면 집 근처 같기도 하고, 어릴 때 살았던 동네 같기도 했어. 하지만 딱 어디인지 도로 이름도, 가게 이름도 보이지 않았어. 버스도 지나갔어. 번호도 정류장 이름도 보이지 않았어. 안개에 싸인 건 아니야. 나를 뺀 모든 것이 아웃포커스 된 것 같았어.

걷다가 지칠 때쯤일까, 난 아무것도 하지 않아. 그러다 어느 순간 또 걷고 있어. 사람들이 서 있기도 해. 몇 사람이 모여 있기도 하고 혼자인 사람도 있어. 내가 아는 사람이라는 생각이 들어서 가까이 가면 그 사람들은 저만치 멀어져 있어. 저 사람들에게 나도 아웃포커스인 것 같았어.

누가 울어.

울음소리가 커졌다 작아졌다, 나한테만 들리는지 주위 사람들은 신경을 안 써. 그런데 나는 울음소리가 신경 쓰여. 우는 사람을 찾으려고 이리저리 둘러봐. 끅끅 울음을 참는 소리도 크게 들려. 왜 아무도 달래주지 않는 거야, 왜.

주저앉았어. 후드득 손등 위로 눈물이 떨어져. 손을 들어 눈을 만졌어. 울고 있는 사람은 나였어.

서진, 서진.

누가 나를 불렀어. 나는 대답하지 않고 그쪽으로 쳐다보지도 않았어. 나는 아직 서진이 아니거든. 서진이가 되고 싶었던 시간들이 길이 되어 있어. 그 길을 보는 게 두려워. 그 길을 보면 심장이 찢어지는 것 같아. 서진을 불렀던 사람들이 그 길로 사라져갔어. 나는 억지로 고개를 돌리고 어디론가 또 걸었어.

그만 걷고 싶었어. 어디에 내가 있는지 모르고, 어디로 가는지도 모른 채 가는 건 너무 한심하잖아. 누군가 날 보면 비웃을 것 같았어. 외롭기도 했어. 또 주저앉았어. 누구인지 무엇인지는 나를 자꾸 걷게 하는데, 나는 몸을 웅크리고 움직이지 않으려 했어. 이대로 멈추고 싶었어. 웅크렸던 몸을 펴고 몸에 힘을 뺐어. 이대로 시간이 흐르면 나는 아무것도 아닌 무언가, 그 무엇이라고 표현할 수도 없는 한 점 먼지가 될까. 그렇게 되길 바라며 눈을 감고 있었어.

그때 누가 나를 불렀어.

"야, 성해진!" 하고.

순간, 아웃포커스 된 내 주위가 한 꺼풀 벗겨진 것 같았어. 그 아이가 무슨 말을 해. 나한테 하는 말일까. 나는 가만히 귀를 기울여. 그런데 그 아이는 더 이상 말을 안 해. 나는 일어나 앉았어. 기다리고 있나 봐.

아, 다시 말을 해. 나한테 하는 말이 분명해. 일어났어. 일어나서 나를 부른 사람을 찾아봤어.

"야, 성해진."

이렇게 나를 부른다는 건 내가 서진으로 이름을 바꾸기 전에 알던 사람일 텐데, 이 목소리를 가진 사람이 떠오르지 않았어. 하지만 성해진, 하고 이름이 불렸을 때 사진 몇 장이 스쳐 지나가. 내가 성해진일 때, 그 어느 순간들 같아.

누굴까. 내 이름을 불러 나의 기억을 떠올리게 하는 사람.

그 아이가 손을 내밀어.

흙냄새, 풀 냄새가 나. 내가 그리워하던 냄새야. 아웃포커스된 주위의 막이 또 한 꺼풀 벗겨졌어. 점점 사람들이 보이기 시작했어. 노래도 들려. 내가 가끔 듣던 노래들이야. 모르는 노래도 있어. 노래를 부르고 싶어져. 춤도 추고 싶어져. 노래 부르는 서진이 되고 싶었던 순간들이 떠올랐어. 이젠 그 기억이 아프지 않아.

그런데 그 아이가 울어. 그 아이는 온몸과 마음으로 울고 있어.

나는 알아. 얼마나 처절하게 울고 있는지.

그 아이가 내 손을 잡아. 그 아이의 손이 너무 떨려. 그 떨림이 내 온몸에 전달돼. 그 아이는 나에게 작별 인사를 하고 있는 거야. 그 아이가 내 손을 놓았어.

안 돼, 가지 마.

내가 갈게.